KB131739

선물이 있어

선물이 있어

은모든 짧은 소설집

이 책은 실로 꿰매어 제본하는 정통적인 사철 방식으로 만들어졌습니다.
사철 방식으로 제본된 책은 오랫동안 보관해도 손상되지 않습니다.

차례

1부 스파이와 눈사람

2부 시간을 열면

1부

스파이와 눈사람

선물이 있어

세수를 마친 성지는 거울 앞에 바싹 다가서서 발진이 돋아 울긋불긋한 볼과 목덜미를 비추어 보며 병원에 가야 한다고 생각했다. 피부과에 가봐야 한다고, 명색이 배우인데 이러다 얼굴 전체가 뒤집어질 판국이라고 여긴 게 하루 이틀 된 일이 아니었다. 그러나 어제도 그제도 하지 못한 일을 오늘 할 수 있을 리가 없었다. 오늘이 되어 더 나아진 것은 하나도 없었으니까. 나아지기는커녕 매일같이 성지는 안 좋은 일은 한꺼번에 닥친다는 말을 실감하고 있었다.

불운의 시작을 알린 전화를 받았을 때, 성지는 여느 때처럼 숙제가 너무 많다고 투정 부리는 초등학생들과 씨름하고 있었다. 발신인이 어머니가 아닌 아버지라는 사실이 의외이다 못해 모종의 불길함을 느끼게 했으므로 동네 공부방의 독서 논술 교사 일을 부업으로 시작한 이래 처음으로 수업 중에 통화 버튼을 눌렀다. 아버지의 입에서 〈뺑소니〉라는 말이 나왔을 때 성지는 쥐고 있던 휴대 전화를 놓칠 뻔했다. 「엄밀하게 말하면 내가 별일 있겠느냐고 가라고 했으니 뺑소니라고 하면 안 되겠지만.」 아버지는 그렇게 덧붙이더니 어머니를 치고 간 것의 이름이 뭔지 모른다며 횡설수설했다.

누군가의 자가용도, 오토바이나 자전거도 아닌 그것의 이름은 전동 퀵보드였다. 백 허그를 한 자세로 퀵보드에 함께 타고 가던 이들은 대학 신입생 커플이었고, 그들이 덜덜 떨며 사죄하는 모습에 어머니는 심하게 부딪힌 것 같지는 않다고 했다. 그러기에 엉겁결에 학생들을 그냥 돌려보냈다고 아버지는 말했다. 어머니는 사고를 당한 당사자이니 경황이 없다 치더라도 아버지는 어째서 학생들의 연락처 하나 받아 둘 생각을 못 했는지 성지는 울화통이 터졌다.

어머니의 왼쪽 발목에는 골절상이라는 진단이 내려졌다. 그로 인해 당장에 드는 병원비는 크게 부담이 될 정도는 아니었으나, 성지는 사고 처리 과정에서 부모님 두 분 다 실비 보험을 들어 놓지 않았다는 사실을 알게 되어 눈앞이 캄캄해졌다. 하지만 곧 부모님의 보험 걱정은 뒤로 밀리게 되었는데, 이듬해 연초에 크랭크 인을 앞두고 있던 영화의 제작이 무산된 것이었다. 비록 성지가 맡기로 했던 역할은 남자 주인공의 여동생 역으로 조연 중에서도 비중이 가장 적은 축이었으나, 대사가 있는 역할로 출연하는 첫 번째 영화 작업에 대한 기대가 컸기에 실망도 컸다. 그럼에도 스스로를 달래며 심기일전하여 치른 다른 영화의 오디션 현장에서는 내일모레면 마흔인데 이 역할을 소화할 수 있겠느냐는 면박을 받았다.

내일모레면 마흔이라니. 굳이 만 나이를 쓰지 않더라도 서른다섯, 엄연히 30대 중반이건만 기가 막혔는데 묘하게 그즈음부터 한동안 잠잠하던 역류성 식도염이 재발했다. 속에서 신물이 올라올 때마다 성지는 급속히 나이가 들고 몸이 약해지는 것일지도 모른다는 생각을 곱씹게 됐다. 게다가 공부방에 새로 등록한 아이가 기존에 다니던 아이들에게 자꾸 시비를 걸어서 한 번에 두 명이 그만두더니, 한 주 뒤에 한 명이 더 나오지 않게 되어 수입까지 줄었다. 반면 어머니가 거동이 불편했으므로 집안일은 전부 성지에게 돌아왔다.

「전화위복이 되게 해야지.」 아버지는 저녁 식사 자리에서 그렇게 말을 시작하면 늘 〈말이야 바른말이지, 탤런트는 아무나 하냐?〉라며 성지에게 착실하고 내실 있는 삶의 가치를 전하려 했다. 말이야 바른말이지, 성지는 배우라는 꿈을 놓지 않으면서도 착실한 삶을 위해 노력해 왔다. 연극 영화과 시절부터 아르바이트를 하지 않는 날이 없다시피 했고, 제 몫의 집안일도 어머니에게 미룬 적이 없었다. 아버지의 흰소리를 듣기 싫어 독립을 하고 싶어도 수중에 보증금이 없는 것은 자신의 탓이 아니라 어머니가 외가의 급한 불을 끄게 도와 달라며 돈을 빌려 가서였다. 그것은 절대 아버지 모르게 해달라고 사정한 일이었고, 지금껏 소식이 없는 것을 보니 아마도 돌려받기는 그른 것 같았다. 그 점을 이제 와서 후회해 봐야 소용이 없었으므로 성지는 속이 문드러질 것 같은 기분이 들면 집 근처에서 가장 저렴한 가격으로 호객하는 헬스장에 가서 뛰었다. 이따금 눈물이 흐를 때도 있었지만 멈추지 않고 울면서 뛰었다. 도대체 관리를 하기는 하는 것인지 유리창이 부예서 밖이 보이지 않는 곳이라 이용하는 사람이야 근처의 주민으로 빤했건만, 그런 곳의 탈의실에서 불법 촬영의 흔적이 발견된 게 지난달의 일이었다.

그 일이 결정타였다. 성지는 자신을 둘러싼 세상의 모든 일에 기가 질려 버렸다. 운동을 멈춘 때가 마침 겨울의 초입이었던 탓에 침대 밖으로 나오는 시간이 조금씩 늦어지기도 했다. 그러던 어느 날부터 아토피 피부염이 재발한 것이다. 그러나 깁스를 풀고도 걸음이 편치 않다는 어머니를 데리고 한의원에 다녀온 후 초등학생들을 상대하고 나면 병원에 갈 기력이 남지 않아 거울을 보고 한숨만 쉬었다. 찾아 주는 사람이 없어도 본업은 배우인데, 배우 얼굴이 이게 뭔가 싶어 한층 울적해졌다. 그러면 정말 누구도 만나고 싶지 않은 기분이 들었다.

「그러지 말고 나와요, 선배.」 미나가 말했다. 「엄빠한테는 하루 뭐 시켜 드시라고 하고요. 나랑 맛있는 거 먹어요.」

애교 섞인 미나의 목소리를 들으며 성지는 이번 달 들어 미나가 이렇게 전화를 걸어 온 게 벌써 몇 번째인지 가늠해 보았다. 세 번째였던가, 아니 네 번째였던가. 이달의 기억이 예의 헬스장의 부연 유리창만큼이나 흐릿했다. 건망증인지도 모르겠다고 말하자 미나가 배우는 건망증과 치매 걱정이 적은 직업이라고 강조했다. 그러고는 두 사람이 처음 함께 올랐던 연극의 대사를 읊었다. 성지 역시 단 세 마디였던 자신의 대사를 토씨 하나 빠뜨리지 않고 기억하고 있었다.

그 연극이 상연된 때도 겨울이었다. 기록적 한파가 몰아쳤던 그해 겨울 이후의 커리어는 확실히 성지보다 미나 쪽이 나았다. 당시 극단에 속해 있던 단원 누구와 비교해도 그랬다. 최소한 함께 밥집에 갔을 때 이따금 서비스 반찬이 놓이고 사인을 요구받는 이는 미나뿐이었다. 미나는 이제 그런 일에 퍽 익숙해졌지만 주변을 살뜰하게 챙기는 마음 씀씀이는 변하지 않았다. 그런 미나가 용건도 없이 자꾸 집 밖으로 불러내려고 하는 것을 보면 자신의 상태가 주변에 걱정을 끼치는 수준임이 틀림없었다. 성지는 속으로 한숨을 삼키고 명랑을 가장하며 〈맛있는 거 뭐?〉 하고 물었다.

「진주냉면이요. 선배 집 근처에 유명한 진주냉면집이 분점을 냈대요.」

「한겨울에 냉면을 먹자고?」맥이 탁 풀린 성지가 실소했다. 「생각만 해도 이 시려.」

「선배, 거기는 육전도 유명하대요.」미나가 얼른 덧붙였다. 「순망치한이라고 이가 없으면 잇몸으로라도…… 어, 이 말은 지금 상황에 안 맞나요?」

「안 맞기도 하고, 순망치한의 말뜻도 틀렸어.」

성지는 그렇게 대답한 뒤 자기 입 밖으로 나온 말이 원래 의도보다 과하게 퉁명스럽게 들려서 깜짝 놀랐다.

이튿날 미나는 성지에게 다시 연락을 해왔다. 겨울치고는 날이 따스해서 낮 최고 온도가 10도를 넘는 날이라면서, 마침 오늘 성지네 집 근처에 갈 일도 있다며 다시금 진주냉면을 권한 것이었다. 성지는 여전히 냉면이 당기지 않았고 아토피 때문에 음식을 가려 먹고 있었지만 거듭 거절하는 게 마음에 걸려서 결국 승낙하고 말았다. 오후 수업을 마치고 무거운 발걸음을 옮겨 냉면집으로 들어서자 구석에 먼저 자리를 잡고 있던 미나가 발진이 일어난 성지의 턱에 반사적으로 눈길을 던졌다. 그러고는 자연스레 시선을 옮기며 날씨

이야기로 말문을 열었다. 성지는 너무 그렇게 애쓰며 배려하지 않아도 된다는 말이 나올 것 같아서 황급히 메뉴판을 훑었고, 미나는 고민할 것 없다며 물냉면과 비빔냉면 그리고 육전을 주문했다.

「여기는 술은 안 파네요. 저한테 냉면을 안주로 먹는 맛을 가르쳐 준 게 선배잖아요. 평양냉면집에 처음 데려가 준 것도 그렇고요.」

「술이라고는 몇 잔 마시지도 않으면서.」

「저도 요새 국물 있으면 소주 반병은 비워요. 밥 먹고 한잔하러 갈까요?」

성지는 고개를 저었다. 음주는 피부염을 악화시키는 주범이었다. 사실 피부 상태가 멀쩡하더라도 요즘 같아서는 괜한 주정을 부릴 것만 같아 술자리를 갖는 것을 꺼렸다.

미나는 성지의 소식을 대강 아는 듯 안부는 묻지 않고 자기는 한동안 뜨개질에 빠져 있었다고 근황을 전했다. 지난가을에 사귀던 사람과 헤어진 후에 마음이 헛헛해서 그랬는지 색색의 털실을 고르고 만지고 하는 게 마냥 좋았다는 것이었다.

「그런데 금세 시들해졌어요. 그게 생각보다 뭐 하나

완성하는 건 힘든데, 어깨가 너무 결리더라고요.」

「허무했겠다.」

「그래도 전보다 니트나 울 소재 보는 눈이 생기긴 한 거 같아요.」 미나가 싱긋 웃더니 〈선배, 선물이 있어요〉 하고 백을 들었다.

「선물?」

미나가 큼지막한 캔버스 백 안에서 작은 쇼핑백을 꺼내 성지에게 건넸다. 그 안에는 보기에 따라 엷은 회색으로도, 묽은 연하늘색으로도 보이는 벙어리장갑이 들어 있었다. 그 순간 성지는 요새 누가 벙어리장갑을 끼나 싶었다. 그러는 한편 후배의 호의를 두고 고작 그런 생각부터 하는 자신의 꼬인 심사가 지긋지긋해서, 그릇이 이것밖에 되지 않으니 뭐 하나 잘되는 일이 없는 것만 같다는 생각까지 따라붙어서 일순 눈물이 고였다. 고였다고 생각한 순간 눈물은 볼을 타고 흘러 버렸고, 그러자 진심으로 땅으로 꺼져 버리고 싶은 기분이 되었다.

「어머, 우는 거예요? 어떡해. 이건 제가 직접 짠 것도 아닌데. 그럴 실력이 안 돼서 그냥 감이 좋은 거 고른 건데.」

미나는 겸연쩍은 듯 성지의 어깨를 부드럽게 건드리며 티슈를 건넸다. 누군가 울면 따라 우는 사람답게 벌써 두 눈에 눈물이 그렁그렁했다. 성지는 그런 미나의 성격에 기대 〈그러게. 요새 내가 수족 냉증이 고민이었는데 어떻게 알고 벙어리장갑을 다 준비했니〉 하며 장갑 안에 손을 넣어 보았다. 도톰한 내피가 매끄럽고 포근했다. 마음에 쏙 들어서 장갑을 낀 채로 냉면을 먹고 싶은 심정이라고 하자 미나는 싱긋 웃더니 〈선배는 전부터 그랬어요〉 하고 말했다.

때마침 주문한 음식이 나온 터라 성지는 뭐가 전부터 그랬느냐고 물어볼 타이밍을 놓쳤다. 미나가 건네는 젓가락을 들면서도 정신이 없어서 지금 자신이 배가 고픈지 아닌지 딱 잘라 말할 수 없는 상태였다. 확실한 것은 자기 앞에 놓인 비빔냉면이 매워 보인다는 점이었다. 길쭉하게 썬 육전과 지단이 듬뿍 올라간 고명 아래로 양념장보다는 양념 국물이라고 부르는 게 걸맞아 보이는 시뻘건 액체가 면 사리 전체를 흥건하게 적시고 있었다. 속이 쓰리지는 않을까 염려하며 성지는 먼저 큼직한 육전부터 베어 물었다. 그런 다음 면과 양념장을 비벼서 조심스럽게 입에 넣었다. 비빔냉면은 예상했던 것보다 호되게 맵지 않았다. 적당하고 은근하게 매우면서 무척 촉촉했다. 미나는 물냉면의 국물도 일품이라며 그릇을 밀어 주었다. 평양냉면이 아니니 달착지근하리라고 여기며 들이마신 성지의 예상은 다시금 어긋났다. 국물에서는 어간장의 풍미를 연상시키는 짭조름한 감칠맛이 났다.

「고명은 육전이랑 편육인데 국물은 해물 베이스인가 봐. 신기하네.」성지가 한 번 더 국물을 맛보고는 말했다.

「입맛에 맞으세요?」

「그럼. 네 덕에 이런 별미도 다 먹어 본다.」

「역시.」미나가 미소 지었다.「좀 전에 제가 하려던 얘기가 이런 거예요.」

「이런 게 뭔데?」

「선배의 장점이요. 좋은 거는 좋다고, 잘하는 건 잘한다고 콕 집어서 얘기해 주는 거요. 옛날부터 쭉.」

「내가 그래?」

「네. 다른 선배들한테는 주야장천 혼난 기억밖에 없으니까 그건 제 기억을 백 퍼센트 믿으셔도 돼요.」미나가 냉면 그릇을 들어 국물을 마시고 나서 한숨을 쉬

듯 크게 숨을 몰아쉬더니 물었다. 「주구장창 아니고
주야장천, 이건 맞죠?」

「그래, 그건 맞아.」

「참, 선배! 백화점에서 들었는데 이제 벙어리장갑이
라는 말은 뭐랄까, 유효 기간이 끝났다고 하더라고요.
이제 이런 장갑은 손모아장갑이라고 부른대요.」

성지는 육전으로 감싼 면을 씹고 있던 터라 고개만
끄덕였다. 그러고 보니 그런 단어를 들어 본 것 같기도
했다. 손모아장갑. 단어 자체에 온기가 서린 듯 정감
가는 말이었다. 미나는 자기도 그렇게 생각한다고 동
의했다. 그러고는 다음에 손모아장갑을 끼고 같이 드
라이브를 가자고 했다. 겨울 바다의 낙조를 보자고, 그
날의 식사는 따뜻한 국물 요리로 하자며 조만간 또 보
자고 채근하는 통에 성지도 못 이기는 척 알겠다고 말
했다.

미나와 헤어진 후에 성지는 마트에 들러 이튿날 아
침 찬거리를 샀다. 장갑은 따뜻했으나 군데군데 흙이
묻은 겨울 무를 집어 들 때 한 번, 지갑에서 카드를 꺼
낼 때 한 번 더 벗어야 했다. 조금 귀찮다는 생각이 들
었다. 그러나 마트 밖으로 나오자 애초에 맨손으로 외

출한 일이 터무니없이 느껴질 만큼 차가운 바람이 손등을 스쳤으므로 서둘러 다시 장갑에 양손을 밀어 넣었다. 장 본 것을 들고 성지는 오랜만에 운동 삼아 엘리베이터를 타지 않기로 했다. 집이 있는 7층까지 계단을 걸어 오르는 동안 자신이 언제 미나에게 칭찬을 건넸는지 기억을 더듬어 보았지만, 그랬던 적이 있었다는 정도의 인상이 남아 있을 뿐 구체적인 상황이 떠오르지는 않았다.

그 점은 성지에게 묘한 안도감을 선사했다. 언젠가는 지금의 이 지난한 매일매일도 그저 그런 때가 있었지, 하고 어렴풋이 기억하게 될 수도 있다는 생각이 들어서였다. 그러니까 이 장갑을 보면서 사람들이 전에는 이런 장갑을 뭐라고 불렀더라, 하고 기억을 더듬어 볼 즈음에는 그럴 수도 있지 않을까. 현관문을 열기 위해 다시 한번 손모아장갑을 벗어 든 성지는 〈그럴 수 있기를, 부디 그럴 수 있기를〉 하고 되뇌며 집 안으로 걸음을 옮겼다.

미나가 한창 뜨개질에 빠져 있었을 때, 처음이자 마지막으로 직접 뜬 스웨터를 본 주위 사람들은 그토록 화끈하게 상식을 파괴하는 색상과 무늬의 조화에 혀를 내둘렀다. 단 한 사람, 담당 코디네이터만이 관심을 보였으므로 미나는 주저 없이 그녀에게 스웨터를 선물했다. 코디는 마침 〈어글리 스웨터〉라는 드레스 코드를 내건 연말 파티에 입고 갈 옷이 없어 고민하던 중이었고, 미나 덕에 파티가 열리는 동안 줄곧 득의만면한 미소를 지을 수 있었다.

인재를 찾습니다

　그해 겨울의 초입부터 해가 바뀌면 N 국장이 경질될 것이라는 소문이 돌기 시작했다.

　헛소리. 그때까지만 하더라도 에이미는 소문을 한마디로 일축했다. 국장은 조직 내에서 찾아보기 힘든 온화한 리더십에 어떠한 난관이 있더라도 원칙을 고수하는 강직함까지 갖추고 있었다. 당시로써는 파격이었던 2기 현장 요원의 발탁 또한 그가 밀어붙이지 않았더라면 불가능한 일이었다. 새 국장으로 물망에 오른 이 중에 그를 대체할 만한 인물이 없다는 점은 모두가 알고 있을 터였다.

　그러나 거리 곳곳에 크리스마스트리가 눈에 띄기 시작할 즈음이 되자, 2기 현장 요원의 손실에 관한 국장의 책임론이 더욱 거세게 입방아에 올랐다. 게다가 12월 초로 예정돼 있었던 3기 선발이 지연되는 상황이 겹쳤다. 에이미는 애가 탔는데, 국장은 서둘러 일을 처리하려는 의사가 없어 보였다. 새로 투입될 요원들의 안전에 대한 우려 때문이라는 것이었다. 에이미는 바로 그런 점 때문에 지금껏 국장을 따랐다. 하지만 이제 더 이상 결정을 미룰 수 없는 때가 된 것이다.

에이미는 차게 식은 커피를 한 모금 삼키며 이제는 이름조차 가물가물한 1기 현장 요원들의 면면을 떠올렸다. 작전 중에 총격으로 희생된 사샤. 그녀의 죽음을 막지 못한 것은 분명 안타까운 일이었지만 명예로운 죽음이었다는 점에는 이견이 없었다. 동료들을 동요하게 만든 이들은 따로 있었다. 요원으로서 위엄은커녕 시민의 자격조차 갖추지 못한 이들.

내근직이었던 에이미가 맨 처음으로 통신 지원을 맡았던 요원은 세계 각국을 누비며 임무 수행을 하는 와중에 순회하듯 성매매를 지속하다 쇠락한 항구 도시의 갱들에게 정체를 들키고 살해당했다. 언어도 통하지 않는 갱들에게 원하는 정보는 무엇이든 넘기겠다며 목숨을 구걸하는 목소리를 들어야 했던 순간이라니. 그때의 참담함을 표현할 만한 말을 에이미는 여전히 알지 못했다.

이후에도 에이미는 1기 요원들의 죽음을 숱하게 마주했다. 잦은 추격전에 버릇이 들어 과속을 일삼다 교통사고로 사망한 경우는 그나마 나은 축에 들었다. 작전 중에 벌어지는 민간인의 희생을 막기 위한 최소한의 노력조차 번거로운 일인 양 거들먹거리다가 보복성 죽음을 피하지 못한 이들에 대해서는 일말의 동정심조차 느끼지 못했다.

슈트가 기막히게 어울리는 탄탄하고 강건한 육체도, 혹독한 훈련을 마친 경험도 종내에는 그들을 지켜주지 못했다. 외려 그와 같은 우수성이 그들의 발목을 잡았으리라고 에이미는 확신했다. 홀로 전 지구적 안녕을 지키는 양 영웅 심리에 도취된 요원은 무절제해지기 마련이었다. 그러면서도 자신이 다치거나 발각될 가능성은 아예 없는 것처럼 굴던 늠름한 얼굴들. 그러나 제아무리 팽팽한 자신감으로 감싸인 육체도 칼에 베이면 피를 흘리고, 총알이 날아들면 스러지고 만다.

손에 든 커피 잔을 내려놓은 에이미는 서랍 맨 안쪽

에 두었던 파일을 집어 들고 국장실로 향했다.

「국장님 고민을 덜어 드리려고요.」에이미가 테이블 위에 파일을 내려놓으며 말했다. 이미 파일 안의 인물에게 지금 당장 이곳으로 와달라고 연락을 넣은 터였다. 「일단은 만나 보고 얘기하세요. 신원은 제가 보장할게요.」

「이거야 원. 지금 내가 명령을 받은 것 같은데.」

「명령을 내릴 수 있다면 일단 만나 봐달라고 이렇게 부탁하지 않았겠죠. 제발요, 국장님. 부탁이에요. 이런 타입은 일평생 처음 보실걸요? 그러니 한번 만나 보시라고요. 그러고서 결정하셔도 되잖아요.」

「결정이라…….」국장은 감정을 억누르기라도 하는 듯 가볍게 숨을 몰아쉬더니 물었다. 「한잔하겠나?」

에이미는 늘 그래 왔듯이 거절의 말을 내뱉으려 하다가 짧은 고민 끝에 고개를 끄덕였다. 「그러죠. 오늘은 저도 한잔 주세요.」

국장은 버번이 든 잔을 건넸다. 그러고는 자신의 잔에 든 술을 단숨에 비운 뒤 입을 열었다. 「빌라넬로가 처음 현장직에 발탁됐을 때, 그때가 지금도 눈에 선해. 자기는 평생 뒷방 신세일 줄 알았다면서 아이처럼 기뻐했지.」

「그러고 몇 달 되지도 않아서 사이코패스 살인마랑 살림을 차렸고요. 지금도 깨가 쏟아질는지는 모르겠지만.」

물론 국장님을 탓하려는 것은 아니라고 에이미는 재빨리 덧붙였다. 1기의 악취 나는 몰락 이후에 2기 요원은 정반대로 선발하자는 국장의 방침을 누구보다 강력하게 지지했던 게 에이미였으니까. 당시에 국장은 강조했다. 임무를 완수할 만한 능력만큼이나 중요한 것은 지나치게 비대하지 않은 자아상과 사명감이라고. 거창하게 말했지만 한마디로 요약하면 평범성이라고도 부를 수 있을 터였다. 평범성이야말로 소영웅주의에 사로잡힌 오만한 폭주를 막아 낼 브레이크라고 국장은 믿었다. 그리하여 현장 요원을 지망하며 입사했지만 줄곧 후방 지원에 머물렀던, 다시 말해 〈상대적으로 평범한〉 내근직을 대상으로 2기 현장 요원 선발이 실시된 것이다. 〈그림자를 전면에〉는 조직 내에서 유행어가 되었다.

그러나 국장의 기대는 맨 처음 2기 요원으로 선발된 빌라넬로의 잠적을 시작으로 산산이 조각났다. 나폴리에서도 당신처럼 내성적인 남자가 태어나느냐는 농담을 들을 만큼 소극적이고 차분하던 그는 빌라넬로라는 코드 네임이 채 입에 붙기도 전에 자신이 감시하던 사이코패스 살인마에게 매혹됐다. 그리고 그녀를 지키기 위해 살인까지 불사하며 — 비록 살해한 대상역시 킬러였다고는 하지만 — 조직을 등진 일이 드러나 파면당했다. 이후의 행방은 그의 가족들마저 알지 못한다.

현장직에 발탁되자마자 최고급 차량과 무기에 의상까지 쉼 없이 사들인 드미트리가 조직에 끼친 손해는 가히 횡령을 한 것과 다름없는 규모였다. 경리 팀의 미카는 압도적인 실적을 이뤄 냈지만, 어느 날 밤 코트속에 무기를 숨긴 채 전남편을 찾아가 자신이 지닌 최첨단 무기의 성능을 하나씩 보여 주었다고 했다. 후에 그녀는 국장에게 민간인을 해칠 의도는 조금도 없었으며, 단지 첫 번째 결혼 생활에서 가스라이팅을 당한데 대한 복수였다고 밝히면서 미소까지 지어 보인 모양이었다.

가시화되지는 않았으나 에이미 또한 결백한 축에들지는 않았다. 긴급 사태 때 딱 한 번, 미카를 엄호하기 위해 투입된 작전에서 상당한 실탄을 발사했던 것이다. 그해 내내 모니터로 바라보며 증오해 온 악당들을 향해 총구를 겨누던 순간, 그들이 쓰러지던 시점에 퍼져 나간 매캐한 화약 냄새를 잊을 수는 없을 것이다. 그날이 생애 최고의 날이라고는 할 수 없었지만 인생에서 가장 자주 되짚어 보며 음미한 날이라는 사실을 어떻게 부정할 수 있겠는가. 변함없는 일상에서 에이미는 때로 용납하기 힘든 불친절이나 무례한 상대를 만나면 속으로 나는 사람을 죽여 본 적이 있어, 하는 생각을 했다. 그러고는 스스로 놀랐다. 바로 그런 점때문에 끝내 현장직에는 지원하지 않은 것이었다.

「그러니까 제가 보장할 수 있어요. 국장님은 틀리지 않았다고요. 1기 때로 돌아가서는 안 돼요. 그 반대죠. 우린 더 나아가야 합니다. 2기보다 더요.」

「이번 작전은 장기적인 심리전이 핵심이니까 궁극적인 평정심을 가진 이를 찾아내자고 얘기할 테지. 기고만장한 영웅주의도 문제가 되지만 그걸 은밀하게 동경하는 이들도 마찬가지로 위험하다고 말이야. 세상을 시시하게 생각하는 것만큼이나 자기 삶을 시시하게 여기는 이들도 주의해야 한다고. 하지만……」 국장은 마른세수를 했다. 「이쪽에도 저쪽에도 해당하지 않을 사람이 과연 있겠나? 궁극적인 평정심 같은 것을 어떻게 알아볼 수 있겠느냐는 말이야.」

「말씀드렸지만, 편견을 깨고 본다면 인재는 얼마든지 있어요.」에이미는 국장에게 파일을 건넸다.

국장은 파일을 열어 빠른 속도로 지원자의 프로필을 훑어본 뒤 성냥을 그어 프로필이 적힌 용지를 태웠다.

「나쁘지 않군.」

「나쁘지 않은 정도가 아니죠. 국장님, 솔직해져요.」

「맞아. 흥미로운 이력이야. 현장직에 지원하는 이 중에 이 정도의 고령은 처음 보는군. 이번에는 외려 그게 경력이 된다 이거지.」

「일단 첫인상에서 타깃의 방심을 끌어내기 쉬우니까요.」

「실제로 그 억양을 구사할 수 있다는 말이지? 흉내가 아니라.」

「만나 보면 아실 거예요. 바로 부르죠.」

에이미는 다시금 그녀에게 연락을 넣었다. 「네. 하지만 벌써부터 거기까지 신경 쓰지 않으셔도 됩니다.

국장님이 기다리고 계세요. 지금 당장 들어오세요.」

그러고도 조금 더 지나서 국장실의 문이 열렸다.

「그간 무고하셨쥬?」 벙긋 웃으며 인사를 건네는 인자의 두 눈이 가느다란 아치형을 그렸다. 「댁의 토끼도 무탈하구유? 가만있자, 고 녀석 이름이…….」

「퐁퐁이요. 요새는 사료도 잘 먹고 잘 지내요. 그보다 이 방으로 들어오는 데 왜 이렇게 오래 걸리셨어요.」 에이미가 가볍게 타박했다.

「에헤이! 여 앞에 화분이 지다 말랐길래 그 근방 앉은 양반들한테 이것 좀 보라고 한 소리 하느라 그랬슈. 다들 엔간히 공사다망하겠지만서도, 그게 다 생명이니께. 한 번씩 들여다봐 줘유. 아니, 게다가 먼저 이력서 달라고 한 게 은젠데 검토할 때는 아주 그냥 함흥차사더니, 그거 몇 분을 못 기다린다면 그거는 아니쥬. 그거는 경우가 아니란 말여유.」 인자가 다시금 느긋한 미소를 지었다.

「아, 그 점은 죄송합니다.」 에이미가 국장을 가리키며 말했다. 「이분이 제 상관 되시는 분이에요.」

「처음 뵙겠습니다.」 국장이 악수를 청했다.

「어이구, 술 냄새!」 인자가 몸을 빼며 이번에는 국장을 흘겨보았다. 「업무 시간에 뭐 이렇게 한잔씩 하고 그래도 되는 건가 모르겠네유. 낮술에는 에미, 애비도 몰라보는 벱인디.」

초면에 국장에게 훈수를 두다니, 역시 보통내기가 아니야. 에이미는 국장에게 건넨 인자의 프로필을 다시금 떠올렸다.

심인자
– 여성.
– 62세.
– 대한민국 충청남도 청양군 출신.
– 두 자녀 출산 이후 25년간의 경력 알려진 바 없음.
– 약물 · 알코올 · 니코틴 의존성 없음.
– 학창 시절 육상부 활동 이후 매일 뒷산을 오르내리며 체력 단련(1킬로미터 4분대 주파).
– 우수한 관찰력 및 인종 · 성별 · 연령대를 가리지 않는 친화력. 핵심을 놓치지 않는 질문을 느긋한 어투에 담아 상대의 방심을 끌어내는 고도의 전략적 화법을 구사함. 장기 심리전에 특화된 인재.

「서류만 들입다 넘겨 본다고 답이 나오는 건 아니쥬.」인자가 검지로 자신의 관자놀이를 톡톡 두드리며 말을 이었다. 「두 분 다 여 안에 제 데이터를 싹 담아 놓구 지금 그것만 되새김질하구 있구만유. 황 냄새 나는 거 보니께 이력서는 이미 태웠구유.」

차마 부정하지 못하겠다는 듯 국장이 너털웃음을 터뜨렸다. 그것을 신호로 국장과 인자가 마주 앉자 에이미는 두 사람만 남겨 두고 국장실을 빠져나왔다. 이제부터 본격적인 면접이 시작될 테지만 결과는 이미 나온 것이나 마찬가지라고 여겼다.

자기 자리로 돌아온 에이미는 입 안에 남은 버번의 씁쓸한 뒷맛이 가시도록 물을 한 잔 마셨고, 그런 다음 퍼뜩 일어나 사무실 구석으로 향했다. 그러자 인자의 말대로 잎이 나란히 시들어 가고 있는 화분들이 보였다. 구조 신호는 접수되었으니 걱정할 것 없어. 에이미는 화분에 줄 물을 뜨러 가며 되뇌었다. 조직 내의 모든 일은 이제 새로운 국면을 맞이했다고.

늦은 점심 식사를 마친 후, 감독은 실로 완벽한 나폴리 피자였다며 그 작은 레스토랑의 주인을 추켜세웠다.

「만일 할머니가 살아 계셨다면 내 귀에 대고 이런 게 진짜 토마토소스라고 하셨을 거예요. 도대체 언제까지 형편없는 음식을 먹으면서 파리 잡듯 사람 목숨을 빼앗는 영화만 찍을 거냐고도 호통을 치셨겠죠. 뭐라고 변명을 하겠습니까. 사이코패스 살인마가 잔뜩 폼을 잡는 영화, 내 커리어는 그게 전부인데요. 그런 내가 이제 와서 다른 무얼 찍을 수 있겠습니까?」

주인은 가만히 고개를 끄덕였다. 빌라넬로라는 코드 네임을 버리고 조직을 배신했을 때, 양심의 가책보다 그를 더 집요하게 괴롭힌 것 역시 돌이킬 수 없이 멀리 와버렸다는 감정이었다. 그 시절이 어느새 아득한 과거의 일이 되었다는 사실을 곱씹으며 주인은 에스프레소를 한 잔 내렸다. 그러고는 커피를 건네면서 감독에게 나지막이 한마디를 전했다. 카메라 뒤에 서 있든 화덕 앞을 지키고 있든, 우리가 목숨을 부지하고 있는 한 돌이킬 수 없이 늦어 버린 일 따위는 없을 거라고.

싱글 대디

「그때는 그런 성공담이 남의 일 같지 않았어요. 다음은 꼭 제 차례인 거 같더라니까요. 글쎄요, 원래 멋모를 때 허황된 꿈을 꾸고 그러잖아요?」

은미는 한때 부동산 경매 관련 서적을 탐독하던 시절이 있었다고 했다. 둘째 딸을 어린이집에 보내기 시작하면서 오전이면 짧게나마 혼자만의 시간을 가질 수 있던 시기였다. 뭔가 생산적인 취미를 만들어야겠다고 생각하며 우연히 집어 든 책 속에 등장한 경매의 달인 이야기에 빠져들었고, 그런 책을 한 권씩 독파하는 것만으로도 행운의 순번을 기다리는 것만 같은 감각을 느꼈다고 했다. 그게 어떠한 감각인지 인구는 짐작조차 가지 않았다. 굳이 나눈다면 자신은 운이 따르지 않는 편이라고 여기며 사는 쪽이기 때문이었다.

늦둥이였던 그가 태어난 이듬해부터 가세가 기울었다고 하니 태생이 박복한지도 몰랐다. 우울한 10대를 거치고 대학생이 되던 해 IMF 사태가 터져 20대에도 삶은 대체로 잿빛이었다. 3년 넘게 쫓아다닌 끝에 사귀게 된 상대와 결혼하고 곧이어 아들인 섭이를 얻는 기쁨도 누렸지만 부부의 인연은 채 3년도 지속되지 못하고 끝났다.

오늘의 도로 사정 또한 한숨이 나왔다. 금요일인 것을 고려하더라도 길이 너무 막혔다. 지하철을 타고 가겠다던 은미에게 동승을 권한 게 괜한 오지랖이었다고 후회를 할 즈음에는 아뿔싸, 진눈깨비가 흩날리기 시작했다. 업무적으로 봤을 때 갑을 관계라고까지 말하면 과장이겠지만 은미에게 잘 보여서 손해 볼 게 없는 인구로서는 심란한 상황이었다. 그나마 다행인 점은 은미가 〈금요일이잖아요. 눈 오나 안 오나 막히죠 뭐〉라고 말해 주는 성격이라는 점이었다. 게다가 두 사람에게는 공통의 화젯거리가 있었다. 은미는 중학교 2학년과 초등학교 6학년인 딸 둘, 인구는 초등학교 4학년인 아들의 주 양육자였던 것이다. 덕분에 두 사람은 눈발이 흩날리는 꽉 막힌 도로 위에 한 시간 넘게 갇혀 있으면서도 간간이 웃음 섞인 대화를 이어 갈 수 있었다.

「오전에 경매 책 보고, 온라인 커뮤니티에도 들어가 보고 하면 붕붕 떠서 집안일 하면서도 머릿속으로 별별 계획을 다 세웠어요. 그러다 오후가 되면 현실로 돌아와서 깡그리 까먹고 지냈죠. 그렇게 몇 달 지내다가 유야무야됐어요.」은미는 유야무야라는 단어를 힘주어 말했다.「지금 생각하면 글쎄요, 나한테 정말 그런 시절이 있었나 싶다니까요. 책도 다 팔고 나눠 주고 해서 흔적도 없으니.」

「그 정도면 깔끔한 마무리 아닙니까? 저도 30대 초반에 한동안 자기 계발서를 팠던 시절이 있었는데 그 책들은 다 어떻게 했는지 기억도 안 나거든요.」

「맞아요, 자기 계발서가 한창 열풍이었죠.」

은미가 가방 안에서 사탕을 꺼냈다. 그녀가 건넨 박하사탕을 입 안에서 굴리며 인구는 그때 탐독한 책의 제목을 몇 개라도 떠올려 보려 했지만 쉽지 않았다. 표지 위에 큼직하게 적힌 글씨체와 명령형의 문장 구조, 그 뒤에 따라붙는 느낌표 같은 이미지만 기억날 뿐이었다.

「자기 계발서가 아무래도 좀 그런 것 같아요. 글쎄요, 그래도 가만 생각해 보면 뭔가 하나는 건졌다, 그런 게 있지 않을까요?」 은미가 가볍게 질문을 던지듯 말했다.

「있기야 있죠. 정리하면 딱 다섯 음절로요.」

「다섯 음절이라면 쉽네요.」 은미가 자신 있게 외쳤다. 「아침형 인간!」

「일맥상통하는 면이 있어요. 이거거든요. 습관의 가치.」

엇비슷한 명령형의 제목을 가진 책들이 거듭 강조하기를 본래 인간이란 특정한 누군가에게 의지박약이라는 말을 할 필요가 없을 정도로 대체로 의지가 약하며, 결심은 클수록 지켜 내기 벅차다고 했다. 그러므로 거대한 목표와 비장한 결심을 앞세우고 나서 수없이 실패를 되풀이하지 않는 지름길은 습관의 구축에 있다고 역설했다. 귀찮다는 생각, 꼭 해야 할까 하는 반동이 마음에 번지기 전에 자동적으로 몸이 움직이도록 습관을 들이고 좋은 습관이 늘어나다 보면 삶이 바뀐다는 것이었다.

「그래서 어떤 습관을 들이셨어요?」은미가 물었다.

「음, 메모하는 습관을 들여 보려고 했는데 뭐 했다가 말았다가…….」

인구가 말을 흐리자 은미는 쉬운 일이 아니니까 책 한 권을 들여 잔소리를 하는 게 아니겠느냐고 위로하더니 스트레칭하듯 양어깨의 관절을 반대 방향으로 움직였다. 같은 동작을 서너 번쯤 반복했을 때 은미의 휴대 전화가 울렸다. 그녀의 첫째 딸이 건 것이었다. 서울은 눈이 펑펑 온다며 귀갓길을 염려하는 낭랑한 목소리가 옆에 앉은 인구에게까지 그대로 들렸다. 인구도 휴대 전화를 꺼내 보았지만 아들 섭이는 오늘 저녁은 할머니네 가서 먹고 오라고 보내 놓은 메시지를 읽고서도 답장이 없었다. 어머니에게서 섭이가 잘 도착했다는 연락이 와 있을 뿐이었다. 통화를 마친 은미에게 인구는 부러움을 표했다.

「완전히 엄마 바라기네요. 역시 딸은 다른가 봐요.」

「설마, 딸 나름이죠. 저도 어릴 때 엄청 과묵한 딸이었어요. 우리 둘째도 말수가 적고요. 큰애는 글쎄요, 아무래도 가족이 한 명 줄었으니까 자기가 엄마를 더 챙겨야 한다는 사명감에 불타는가 봐요.」은미가 고개를 살짝 흔들더니 손끝으로 미간을 가볍게 두드리며 〈제가 별 얘기를 다 하네요〉 하고 덧붙였다.

인구는 고개를 저었다. 은미가 몇 해 전에 교통사고로 남편을 잃었다는 이야기는 전해 들어 알고 있었다. 조금 전 그녀의 딸이 도로 사정을 거듭 강조한 데 남다른 이유가 있었구나 싶어 기특한 한편, 중학교 2학년이라면 부모에게 잔소리를 하기보다 듣는 게 더 자연스러운 나이 같아서 짠하게 느껴지기도 했다.

「이 정도면 잔소리 시작한 축에도 못 들어요. 큰애가 벌써 제 노후를 걱정한다니까요?」

「세상에! 그건 저희 어머니가 하시는 걱정인데요.」

두 사람은 함께 웃었고, 화제는 사춘기로 옮겨 갔다. 은미는 둘째 딸이 사춘기를 맞이하고 더욱 말수가 줄었다고 했다. 문득 인구는 초등학교 4학년이 된 섭이가 2년 전에 본인 입으로 사춘기가 왔다고 주장하던 때가 떠올랐다. 섭이는 밀린 학습지를 풀기 귀찮다고 툴툴거리다가 그 이유를 사춘기에 돌렸다.

「원래 사춘기에는 다 귀찮아진대. 호르몬 때문이래. 요새는 4학년쯤부터 사춘기래. 나는 더 빨리 왔나 봐.」

미리 핑곗거리를 준비한 듯 줄줄 내뱉더니 한숨짓

는 섭이를 바라보며 인구는 물었다. 「젤리 먹을래?」
그러자 섭이는 지체 없이 〈먹을래!〉 하고 대답했다. 그
순간 눈빛은 또 얼마나 반짝거리던지. 인구가 파안대
소하자 섭이도 따라 웃었다. 신기한 것, 궁금한 것, 먹
고 싶은 것이 넘치던 섭이의 크고 작은 기대감과 웃음
소리가 집 안에 화사한 빛을 흩뿌리던 시절이었다. 그
러던 섭이는 이제 잔소리 한두 마디 했다고 〈아빠 같
은 사람을 네 글자로 뭐라고 하는 줄 알아?〉 하고 달려
들듯 묻는다.

「싱글 대디?」

「히스테리!」

「네가 자꾸 라면만 먹으니까 그게 얼마나 몸에 안
좋은지 알려 주는 게 무슨 히스테리냐. 그리고 히스테
리는 영어잖아. 그럼 그게 어떻게 네 음절이야?」

「싱글 대디도 영어잖아!」

인구는 흠칫했지만 겉으로는 덤덤한 듯 애초에 뭣
때문에 짜증이 난 것인지 물었다. 섭이에게서 〈방학도
얼마 안 남았는데〉라는 애매한 대답이 돌아왔다. 개학
하면 라면 먹을 시간도 없다는 것인지, 아니면 그저 방
학이 끝나 가는 게 싫어서 짜증이 난 건지 묻는 말에는

됐다는 대답뿐이었다. 그 이후로 섭이는 말 한마디 하지 않고 입을 꾹 닫고 있었다.

「한마디도 안 해요? 그렇게 며칠이나 됐어요?」 은미가 물었다.

「화요일부터 쭉 그래요. 이 도로 사정보다 그게 더 답답한 노릇이에요.」

「세상에, 오늘이 금요일인데……. 음, 이럴 때는 본인이 어렸을 때 화나면 어떤 아이였는지를 돌아보는 게 도움이 되기도 하더라고요. 과장님은 사춘기 때 화나면 어떠셨어요?」

그 질문에 인구는 돌연 대꾸할 말이 없어졌다. 뚱하게만 있지 말고 말을 해야 상대가 네 의도를 알아듣는다고 어르고 달래던 어머니의 모습을 떠올리면 지금 겪는 일은 업보를 돌려받는 것 같기도 했다. 그러나 어머니에게는 아버지도, 누나와 막내도 있지 않았던가. 다섯 식구가 살던 집의 둘째가 무뚝뚝한 것과 단둘이 사는 집에서 서로 입을 꾹 닫고 있는 일은 차원이 다른 문제였다.

「방학도 끝나 가는 마당에 학교 일은 아닐 테고, 학원 아니면 집 안에서 무슨 일이 있었나 보네요. 어떻게 든 이유를 찾아서 풀어 줘야죠.」

은미의 말에 인구도 고개를 끄덕였다. 그때 옆 차선의 소나타가 막무가내로 끼어들려고 하기에 일순 욱할 뻔했지만 참을 인을 되새기며 끼어들게 해주자마자 마치 그보다 더한 것을 승낙한 것처럼 흩날리던 눈발이 굵어져 싸락눈이 되었다. 눈의 결정이 차창을 톡톡 때리는 소리를 들으며 인구는 도로 사정뿐만 아니라 아들과의 문제도 해결이 녹록지 않으리라는 선고를 받은 것만 같은 기분이었다. 차 안에 잠시 침묵이 흘렀다. 와이퍼가 예닐곱 번쯤 왕복 운동을 했을 때 은미는 〈아, 참〉 하며 목소리를 높였다.

「만회할 수 있는 절호의 기회가 있잖아요!」

「그런 게 있어요?」

「들으면 〈아!〉 하실걸요. 아드님 따라 힌트를 드리자면 세 음절 단어고요.」 은미가 강조했다.

힌트 하나를 더 얻고 두 번 도전한 후에도 세 음절의 단어를 맞히지 못한 인구는 결국 한 시간여가 흐른 후 은미가 차에서 내리기 직전에야 답을 들었다. 인구가 그녀의 예상대로 감탄사를 내뱉자 두 사람은 동시에 웃었다.

집에 가까워질수록 빙판길의 면적이 넓어졌다. 마지막까지 진이 빠지도록 느릿느릿 운전하면서 인구는 두 시간 반 동안 은미와 참 많은 이야기를 나누었다고 생각했다. 매번 잘 부탁드린다는 말로 끝맺는 자신의 메일에 오직 용건만 적힌 서너 줄짜리 답신을 보내오던 그녀와 이토록 오래 사적인 대화를 나눌 일이 생길 줄이야. 다음이 있을까 궁금하기도 했으나 눈길을 달려오는 내내 섭이에게 연락이 없었으므로 마냥 달콤한 기분에 빠져 있을 수는 없었다.

차에서 내리기 전에 전화를 걸어 보았지만 섭이는 받지 않았다. 집에 도착하자마자 외투도 벗지 않고 다시 걸어 보았지만 마찬가지였다. 곧이어 전화가 걸려왔는데 그의 어머니였다. 섭이는 잔다고, 깊이 잠든 데다 내일은 주말이니 여기서 자게 두자고 어머니는 말했다. 그러면서 또 무슨 일이 있었기에 섭이가 풀이 죽어 있느냐고 물었다.

「전들 아나요. 말을 안 하는데.」

「누굴 닮아 그러는지는 어련히 잘 아실 테고.」

「예. 저 때문에 어머니 얼마나 속 끓이셨을지 반성 많이 해요.」

「얼씨구, 그런 말도 할 줄 알아? 내일은 해가 서쪽에
서 뜨겠네.」

어머니와 통화를 마치고 인구는 한동안 어두운 거
실에 앉아 있었다. 긴장하고 운전한 탓에 발등이 부어
있었다. 무릎도 쑤셨다. 허기가 지다 못해 속이 쓰릴
지경이었다. 어린아이로 돌아가 누군가 자신에게 먹
을 것을 주고 씻겨 주었으면 싶었다. 만약 섭이와 함께
있었다면 얼려 둔 밥과 국을 녹이고 마른반찬을 꺼냈
을 것이다. 혼자 남았으므로 그는 기진맥진한 몸을 일
으켜 라면을 끓이고 냄비째로 먹었다. 그러고는 남아
있는 힘을 쥐어짜서 설거지를 마쳤다. 아들에게 툭하
면 라면을 끓여 먹으면 안 된다고 잔소리를 해왔으므
로 환기도 잊을 수 없었다. 먼저 주방 쪽의 작은 창을
열고 나서 맞바람이 치도록 베란다의 창을 열었을 때
였다. 인구는 그 자리에 그대로 멈춰 섰다.

베란다 난간에 눈사람이 있었다. 아마도 오늘 오후
에 섭이가 난간 위에 쌓인 눈을 그러모아 빚은 것 같았
다. 아래쪽의 덩이는 중간 크기의 귤만 했고, 위쪽은
그보다 좀 더 작았다. 하나가 아니고 둘이었다. 두 개
의 눈사람이 꼭 붙어서 나란히 서 있었다. 둘이라는 숫

자가 지친 인구의 몸을 감싸 안는 듯했다. 그나저나 우리 섭이, 장갑은 끼고 만들었을까. 인구는 눈을 네 덩이나 꼭꼭 뭉쳤을 아들의 모습을 그려 보았다. 추위 때문에 코끝이 시큰거릴 때까지 눈사람을 바라보다 문득 그는 〈방학도 얼마 안 남았는데〉 하고 중얼거리던 섭이의 얼굴을 떠올렸다.

그제야 아이가 화가 난 이유의 실마리를 찾았다. 지난해 이맘때 섭이와 했던 약속이 기억난 것이다. 이번 겨울 방학은 지나갔지만 다음 겨울 방학에는 섭이를 어떤 곳에 반드시 데려가기로 했었다. 그러나 어디에 데려가기로 했는지 단박에 떠오르지는 않았다. 어렴풋이 어딘가에 메모한 기억이 났고, 가장 가능성이 높은 것은 아마도 지난해에 쓴 스케줄러였다. 다만 곧장 스케줄러를 찾아볼 엄두가 나지 않는 것은 물론 피로와 식곤증이 장악한 몸에 찬 바람까지 쐬었기 때문이었다.

새벽 5시 40분에 시작한 긴 하루를 보낸 그에게는 창문을 닫고 침대로 향할 에너지밖에 남아 있지 않았다. 인구는 몸을 떨며 옷을 갈아입고 침대 안으로 들어가 잠에 굴복하기 전에 마지막으로 남아 있는 에너지를 그러모았다. 바로 지금이 은미가 알려 준, 세 음절로 이루어진 기회를 써야 할 순간이었다. 인구는 감기는 눈을 힘주어 뜨고는 아들에게 메시지를 보냈다.

봄 방학!

섭아, 아빠가 미안해. 겨울 방학 내내 많이 기다렸지. 하지만 곧 봄 방학이 오니까 약속할게! 봄 방학에 아빠랑 둘이 거기에 가자. 이번에는 무슨 일이 있어도 약속 꼭 지킬게!

은미의 큰딸인 승아가 2년째 다니고 있는 학원의 수학 선생님은 누군가 재채기를 할 때마다 〈괜찮아. 사랑이랑 재채기는 숨길 수 없는 거니까〉라고 말하는 버릇이 있었다. 승아는 쭉 그 학원에 다녔고, 거리에 벚꽃이 필 무렵에는 수업 중에 누군가 재채기를 할 때마다 엄마를 떠올리며 빙그레 웃음을 짓게 되었다.

크리스마스 선물

30,870원. 평소보다 몇 시간 이르게 퇴근한 귀갓길에 아내 제은이 좋아하는 피자와 샐러드를 포장하고 나자 태승의 용돈 계좌에 남은 돈은 그게 전부였다. 생활비를 건드리지 않고 용돈을 아껴 특식을 준비했으니 나름대로 깜짝 선물을 갖춘 셈이었지만, 그럼에도 태승은 30,870원이라는 잔액을 보자 입맛이 썼다. 올여름에 감봉이 결정된 후 허리띠를 졸라매겠다고 다짐하며 가지고 있던 신용 카드를 전부 제은에게 맡긴 일도 뒤늦게 후회스러웠다. 한 장이라도 남겨 두었더라면 이럴 때 그 스마트워치를 살 수 있지 않았을까. 무엇이 됐든 할부로 사는 것은 빚을 지는 것과 같다며 제은은 꺼리지만, 그럼에도 내일은 크리스마스가 아

닌가.

제은은 크리스마스가 대수냐고, 올 한 해를 둘이 함께 버텨 낸 것으로 충분하다고 했다. 하지만 멀거니 침대에 누워 있으면 태승의 머릿속에는 그간 두 사람이 함께 보낸 크리스마스의 추억이 떠오르는 것이었다. 어느 해의 크리스마스이브에는 겨울 바다가 내려다보이는 카페의 창가 자리에서 커플링을 건넸다. 결혼을 앞두고 있던 지난해 이맘때에는 제은의 버킷 리스트 중 하나인 〈동생과 단둘이 여행 가기〉를 이루어 주었다. 자매가 함께 다녀올 수 있도록 마련한 2박 3일의 교통편과 숙박권을 건네자 제은은 짐작도 하지 못한 선물이라며 순식간에 코끝이 빨개지더니 한참을 울먹거렸다. 그럴 때면 더없이 여린 사람처럼 보이지만 사실 제은이 누구보다 자기 관리에 엄격한 사람이라는 사실을 태승은 잘 알았다.

지난해 새벽 운동을 시작한 이래 폭염에도 혹한에도 매주 세 번은 태승이 엄두도 못 낼 시간에 일어나 달리고 오는 것만 보아도 그랬다. 더 늦기 전에 딱 1년만 경찰 공무원 시험 준비에 전념해 보겠다며 올해 초 회사를 그만두었을 때 보여 준 모습 역시 감탄스러웠다. 퇴사한 후에도 생활 리듬이 전혀 흐트러지지 않았던 것이다. 하필이면 그 직후에 업계 전체에 닥친 위기로 인해 태승의 수입이 줄어들 줄은, 신혼을 이토록 빠듯하게 날 줄은 누구도 예상하지 못했지만 제은은 차분한 반응을 보였다.

「전원 감봉되는 대신 사람들이 막 잘리는 건 막은 거라며. 그럼 다행이지 뭐. 같이 잘 버텨 보자.」

그랬던 제은의 얼빠진 얼굴을 마주한 것이 지난주의 일이었다. 주말을 맞아 함께 장을 보러 나간 길이었다. 태승이 상사에게 걸려 온 전화를 받고 돌아오자 제은은 쇼룸 앞에 구부정하게 선 채 넋을 놓고 유리창 너머에 놓인 스마트워치를 바라보고 있었다.

일순 장난기가 발동한 태승은 살금살금 매장 안으로 들어가 유리창을 사이에 두고 제은의 얼굴 앞으로 자기 얼굴을 들이밀었다. 제은은 깜짝 놀라 뒷걸음질 쳤고, 태승은 얼른 매장 밖으로 나와서 〈자기 표정이 어땠는지 알아?〉 하고 물었다.

「놀란 얼굴이 안 웃긴 사람도 있니?」

「놀라기 전에 말이야. 스마트워치 볼 때. 굶주린 성냥팔이 소녀 같은 표정이었다고. 저게 그렇게 가지고 싶어?」

「무슨…… 뛰는 데는 두 다리랑 운동화만 있으면
돼.」

「그래서 운동화에는 용돈 다 털어 가면서 투자를 하
셨군.」

「음, 그게 그냥 운동화가 아니거든.」

그날 이후 딱히 입에 올린 적은 없었지만 태승은 그
때 본 스마트워치의 모델명을 잊을 수가 없었다. 출퇴
근길이면 손목에 스마트워치를 찬 사람이 눈에 띄었
다. 그럴 때면 그는 묘한 감정에 휩싸였다. 슬픈 것 같
기도 하고 착잡한 것 같기도 했지만 정확히 말하면 언
짢은 기분이었다. 사람들이 이렇게 흔하게 가지고 있
는 것을 제은에게 선뜻 안겨 주지 못하는 게 대단히 언
짢게 느껴졌다. 그리하여 크리스마스이브 저녁에 독
서실에서 돌아올 제은을 기다리던 태승은 급기야 내
년이면 만기를 맞는 적금의 계좌를 열어 보기에, 지금
해약한다면 손실액이 얼마나 될까 셈해 보기에 이른
것이다.

그러나 아무리 결혼 전부터 혼자 붓고 있던 적금이
라도 크리스마스 선물을 위해 충동적으로 해약했다는

사실을 알면 제은이 성냥팔이 소녀보다 더 슬픈 표정을 지으리라는 것을 모르지 않았다. 다행인지 아닌지 이미 은행 업무가 마감된 시각이기도 했다. 바로 그때 태승의 휴대 전화가 울렸다. 한 단어로 된 그 알림음은 태승에게 특별한 계시와도 같이 느껴졌다. 다름 아닌 중고 물품 거래 앱의 알림음이기 때문이었다.

뭔가 내다 팔 게 없을까 하고 집 안을 살피기 시작한 순간부터 태승은 이미 답을 알고 있었다. 그는 옷장을 열어 맨 안쪽에 얌전히 모셔 두었던 캐시미어 코트를 꺼냈다. 그대로 반으로 접었다가 다시 펼친 후 입어 보았다. 거울에 비친 자신의 모습을 바라보자 살면서 다시금 이토록 마음에 드는 코트를 입을 일이 또 있을까, 하는 생각이 들었다. 은은한 광택의 차분한 캐멀빛 원단, 안에 받쳐 입은 옷이 셔츠건 후드 티셔츠건 기가 막히게 어울리는 단순하지만 절묘한 핏에다 무게마저 가벼웠다. 관리만 잘하면 중년이 될 때까지, 그러니까 이 코트를 사주던 시점의 아버지 나이에도 입을 수 있는 옷임이 분명했다.

그날 아버지가 무슨 바람이 불어서 태승 남매를 불러냈는지는 지금도 알 수 없는 일이다. 어머니와 이혼

하고 집을 떠난 지 7년 만에 아버지에게서 느닷없이 백화점에서 만나자는 연락을 받았을 때 태승은 나갈 생각조차 없었다. 누나도 처음에는 〈웃기지도 않아. 이제 와서 면접에 입고 갈 옷 한 벌 해주면, 우리가 대학 등록금 부탁할 때 들은 척도 안 한 게 없던 일이라도 될 줄 안대니?〉 하고 기막혀했지만 막상 백화점 앞에 다다랐을 때 앞으로 한 시간 동안은 연기를 하자고 했다.

「그 인간은 기분파니까, 아마 이런 일 다시는 없을 거야. 그러니까 가능한 한 비싼 거를 받아 내자. 너는 옷 볼 줄 모르니까 암말 말고 내가 입어 보라고 하는 걸로 사겠다고 해.」

태승은 누나가 시키는 대로 했고, 아버지는 순순히 남매가 고른 코트를 사주었다. 그 코트는 걸치고 거울 앞에 서면 새삼 감탄하지만 벗어서 걸어 놓을 때쯤에는 기분이 가라앉는 묘한 옷이었다. 매해 겨울이면 한두 번씩 정말 중요한 약속에만 입고 나갔지만 지난해 소매에 작은 얼룩이 생기면서 입는 횟수를 더욱 줄이게 되었다. 사실 아무리 질 좋은 코트라도 따스하기는 롱 패딩에 비할 수 없기도 했다.

이참에 처분해야지, 하고 마음먹자 한편으로는 홀
가분했다. 태승은 휴대 전화로 코트의 전체 모습과 브
랜드 로고가 찍힌 라벨, 얼룩 부분을 찍은 사진을 담아
판매 글을 올렸다. 가격대를 적은 후에 잠시 뒤 얼룩을
고려하여 3만 원을 더 깎아 주겠다고 수정했다. 그러
자 곧장 구매하겠다는 사람의 연락이 왔다. 당장 가지
러 오겠다고 상대 쪽이 더 적극적이었다.

코트가 든 큼지막한 쇼핑백을 들고 지하철역에 닿자
비쩍 마른 남자가 태승에게 다가와서 〈저 혹시……〉 하
고 말을 걸었다. 남자는 확인차 코트를 꺼내 들고 얼룩
부분부터, 다음으로는 코트의 겉과 안감 부분까지 살
핀 후 값을 치렀다.

태승은 날아갈 것 같은 기분으로 곧장 매장으로 가
서 제은이 탐내던 스마트워치를 샀다. 남은 돈으로 아
주 오랜만에 꽃다발을, 내친김에 스파클링 와인도 한
병 골랐다. 몇 시간 전만 해도 저녁거리만 있던 집에
꽃과 술, 제대로 된 선물까지 갖춘 것이었다. 태승은
몇 해가 지난 후에도 단박에 팔려 나갈 만한 코트를 골
라 준 누나에게 감사하며 제은을 맞이하기 위해 식탁
을 차렸다.

녹초가 되어 집으로 돌아온 제은은 식탁 위를 보자마자 벌린 입을 다물지 못했다.

「세상에, 자기 이거 무슨 돈으로 준비한 거야? 용돈이 얼마나 된다고!」

태승은 이게 다가 아니라며 선물을 가지러 방 안으로 들어갔고, 따라 들어온 제은은 열려 있는 옷장 앞으로 뛰어가더니 신음을 흘렸다.

「설마, 그 코트 팔았어?」

「눈치가 너무 빠른 거 아니야? 에이, 그런 표정 지을 거 없어. 나 추위 잘 타는 거 알잖아. 패딩 입고 출근하느라 어차피 올해 들어 한 번도 안 입은 거였다고.」 태승이 주방 쪽을 가리키며 말했다. 「그것보다 나가서 자기 선물이나 열어 보자.」

제은은 태승이 건넨 선물의 포장을 뜯지 않은 채로 잠시 바라만 보더니 이윽고 입을 열어 〈나도 선물이 있어. 크리스마스이기도 하지만 곧 자기 생일이잖아〉 하고 말했다.

제은이 가방에서 꺼낸 쇼핑백에는 예의 캐멀색 코트보다 좀 더 은은하고 밝은 색상의 캐시미어 머플러가 들어 있었다. 태승은 코트와 어울리는 색으로 정하고자 신중히 골랐을 제은의 모습을 떠올리며 손등으로 머플러의 표면을 가만히 쓸어 보았다.

「이건 워낙 어디든 잘 어울리는 거라 검은 패딩 위에도 딱이겠네.」

태승은 그렇게 말하고 얼른 자기가 고른 선물도 열어 보라고 눈짓했다. 제은이 상자를 열자 그는 직접 그녀의 왼팔에 스마트워치를 둘러 주었다.

「이거 가지고 싶어 했지? 검은색으로 할까, 흰색으로 할까 고민하다가 자기가 아끼는 운동화랑 어울리는 걸로 골랐어. 밥 먹고 풀 착장 한번 해봐. 사진 찍어 줄게.」

「그래서 하얀 걸로 했구나.」

태승이 고개를 끄덕이고는 스파클링 와인을 개봉했다. 펑 하는 소리가 나고 두 사람은 잔을 부딪쳤다. 제은은 탄산이 터지는 향긋한 술로 입술을 축인 뒤 입을 열었다.

「인증 사진은 일단 워치만 차고서 찍어야겠는데.」

「왜?」

제은은 잠시 대답을 망설이며 태승의 잔에 자기 잔을 부딪쳤다.

「캐시미어 머플러 사려고 팔았으니까. 어글리 슈즈 신고 뛰는 사람이 어딨어. 그 운동화는 처음부터 리셀용으로 산 거였다고.」

태승은 피자를 씹느라 뭉개진 발음으로 〈와, 나 이렇게 엇갈리는 얘기 어디서 들어 본 거 같은데〉하며 이마를 긁적이더니 〈우리 완전 노답이다〉하고 덧붙였다.

「워치는 워치대로, 머플러는 머플러대로 쓰면 되지 뭐.」

식사를 마치고 함께 치운 후 태승은 까만 롱 패딩 위에 머플러를 두르고 거울 앞에 섰다. 어울리는 것 같기도 하고, 머플러만 둥둥 떠 보이는 것 같기도 했다. 어떤지 봐달라고 하자 제은은 알겠다고 하면서도 〈잠시만〉하고 시간을 끌었다. 좀 더 기다려도 반응이 없어서 방 밖으로 나가자 구부정하게 앉아서 스마트워치의 설명서에 코를 박고 있는 제은의 뒷모습이 보였다. 태승은 살금살금 제은의 앞으로 가서 머플러로 그녀의 코끝을 간질였다.

「선물이 엇갈린 이유가 여기 있었어.」

「내 코에?」제은이 자기 코를 감싸 쥐며 물었으므로

태승은 그 어처구니없는 오해에 웃음이 터져 사레가 들리도록 깔깔거렸다. 「아니, 그게 아니라 막상 같이 사니까 각자 자기 일 하느라 전보다 대화가 줄어서. 우리 내년에는 가족 간 대화를 좀 더 늘려 보자. 아무리 바쁘고 할 일이 많아도 표현할 거는 하고 살자고.」

그 말을 들은 제은은 새삼 한 가지 사실을 실감했다. 바로 캐시미어 머플러의 촉감처럼 부드러운 심성을 지닌 이 사람과 내년에도 변함없이 함께 살아갈 거라는 사실, 다시 말해 두 사람이 가족이 되었다는 사실을. 그것이야말로 자신에게 주어진 가장 큰 선물이었다. 하지만 방금 태승이 건의한 대로 느낀 바를 직접 말로 전하는 일은 떠올리기만 해도 낯간지러운 느낌이 들었으므로 결국 〈뭐, 내년부터 노력하면 되는 거지?〉 하고 다시 스마트워치의 설명서를 집어 들었다.

「오늘부터 하면 더 좋지. 크리스마스이브잖아.」

「알았어.」

망설임 없이 대답했지만 입 안에서 맴도는 말은 여전히 선뜻 입 밖으로 나오지 않았다. 잠시 시간을 벌기 위해 제은은 우선 태승의 다리를 베개 삼아 드러누워 빙그레 미소를 지었다.

이튿날 스마트워치가 측정한 제은의 1백 미터 달리기 기록은 17.3초였다. 경찰 공무원 시험의 체력 검사 당일에는 그보다 2초를 더 단축하여 제은은 10점 만점에 10점을 받았다.

2부

시간을 열면

오프 더 레코드

넉 달 가까이 지속된 식욕 부진과 불면증, 사라질 기미가 보이지 않는 공허함에 무기력한 기분까지 진찰 당시 허 씨가 호소했던 것은 전형적인 우울증 증상이었다. 그럼에도 심 원장이 허 씨에 관해 언급한 이후 따분하리만큼 평이하게 진행되던 인터뷰에 갑자기 활기가 돌았다.

대학생을 대상으로 하는 웹진의 취재 기자라고 자신을 소개한 학생이 〈그분 얘기 좀 자세하게 듣고 싶은데요〉 하고 상기된 음성으로 말하자, 사진 담당이라던 학생까지 나서서 〈물론, 오프 더 레코드로요〉라고 거들었다.

「당연히 오프 더 레코드로 해야겠죠. 사실 뭐 그렇

게 대단한 얘기는 아닌데…….」

심 원장은 속으로 요즘 어린애들의 취향은 도무지 알다가도 모르겠다고 생각했다. 동시에 자신이 꼰대가 된 듯한 기분이 들었지만 도리가 없었다. 실은 갓 스물을 넘겼다는 두 사람을 처음 만난 순간부터 쭉 그런 인상을 받았던 것이다. 패션만 해도 그랬다. 취재 기자 쪽은 쨍한 머스터드 빛깔의 에코 퍼 재킷을 입은 반면, 사진 담당은 통이 넓은 코르덴 나팔바지 위에 떡볶이 코트를 걸치고 있었다. 옷차림만 보면 마치 한쪽이 이삼십 년 전의 과거에서 온 사람 같았다. 지금까지 만나 본 환자 중 인상적이었던 사례에 관한 질문을 받고 불현듯 허 씨가 떠오른 것도 나란히 앉은 두 사람 사이에 펼쳐진 패션의 시차 때문이었다.

지난해 연말에 심 원장을 찾아왔던 허 씨로 말할 것 같으면, 몇십 년을 넘어 몇백 년을 거슬러 올라간 차림을 하고 있었다. 대략 30대 중반으로 보이는 그녀는 옥색 누비 장옷을 걸치고 샴푸 광고에서나 볼 법한 윤기가 흐르는 새까만 머리칼을 가지런히 말아 올려 비녀를 꽂고 있었다. 그녀는 자신이 입은 코스튬이 평소에 입던 차림이라고 했다. 다시 말해 그와 같은 의복을 입었던 시대에서 온 사람이라고 주장했다.

「그날도 오늘처럼 수요일이었어요. 지금처럼 진료를 마친 시점은 아니었고, 점심을 먹고 나서 상담실 문을 열었더니…….」

「여기에 그분이 계셨던 거군요!」 사진 담당이 흥분을 드러냈다.

허 씨는 차림에 걸맞은 기품 있는 자세로 앉아 있었다. 심 원장은 당황한 기색을 드러내지 않도록 신경 쓰며 병원 문이 잠겨 있었을 텐데 여기에는 어떻게 들어왔느냐고 물었다. 그러자 허 씨는 〈문이라면 저 문을 열고 왔소〉 하며 상담실의 하얀 문을 가리켰다. 그러더니 이제는 자신이 질문할 차례라고 여기는 듯 이곳은 어떤 곳이냐고 물었다. 심 원장의 대답을 들은 후에는 의원이라니 마침 잘 만났다고 반색하더니 자신이 요새 겪고 있는 증상과 이곳에 올 수 있었던 연유에 관해 이야기하기 시작한 것이다.

그녀가 과대망상 환자로서 위험 행위를 할 가능성을 완전히 배제할 수 없었던 심 원장은 한 손으로 주머니 속의 휴대 전화를 꼭 쥔 채 증상을 들은 후 우울증 가능성에 대해 언급했다. 우울증 극복을 위한 일반적인 권장 사항도 일러 주었다.

「좋소. 내 의원 말이라면 믿고 따르리다. 맥 한번 짚지 않고 병증을 알아내다니, 이렇게 용한 의원을 뵈려고 내가 저 문을 열고 왔나 보오.」

「용하다고 해주시니 감사한데요. 그러니까 마님 말씀을 제가 다시 한번 정리해 보면, 그 문의 존재를 알려 주신 분은 마님의 모친 되시는 분이셨다고요.」

「그렇소. 혼례를 올리기 전날 밤이었지요.」

돌이켜 보면 혼례를 앞두었을 때도 지금과 같은 병증이 있었다고 허 씨는 말했다. 도통 잠을 이루지 못해 새벽 첫닭이 울도록 뒤척였으며 입 안이 깔깔해서 미음 한술 편히 넘길 수 없었다. 명치가 옥죄도록 갑갑하면서도 세상만사가 덧없다는 생각에 뜻 모를 눈물이 차오르곤 했던 것이다. 「입을 떼면서부터 글월을 읊은 분인데 하필이면⋯⋯.」 집안의 종들이 자기들끼리 수군거리는 말이 어떻게 끝날지는 허 씨도 잘 알고 있었다. 어릴 적에 그녀의 아버지도 〈네가 여식이 아니었더라면⋯⋯〉 하면서 혀를 차곤 했기 때문이었다.

마침내 혼례를 하루 앞둔 밤, 참빗을 들고 허 씨의 방으로 온 어머니는 자신과 꼭 닮아 밤하늘처럼 새까

많고 윤이 나는 머리칼을 하염없이 빗겨 주었다.

「혼례를 치르지 않을 방도는 정녕 없는 것이겠
지요.」

참아 보려 했지만 끝내 터져 버린 눈물을 감추지 못
하는 허 씨의 모습에 어머니도 눈시울을 붉혔다. 눈물
이 잦아들자 어머니는 지금부터 자신이 하는 말을 한
마디도 빼놓지 말고 명심해서 들으라고 일렀다.

「네 속을 이 어미가 안다. 훤히 알지. 그래도 일단은
견뎌야 할 것이야. 단단히 방비가 될 때까지. 우선, 시
가에 가면 그 집 안의 문을 구석구석, 똑똑히 살펴야
한다.」

어머니는 누구도 엿듣지 못하도록 허 씨의 귓가에
속삭였다. 그중에는 반드시 남다른 문이 하나 있다는
것이었다. 어떤 문이 될지 모르므로 안채뿐만 아니라
집 안의 모든 문을 샅샅이 확인해야 한다고, 모든 준비
를 마치고 그 문을 열면 아무도 모르게 특별한 마실을
다녀올 수 있다고 했다. 어머니의 어머니도, 그 어머니
도 그 덕에 견딜 수 있었다고 힘주어 말했다.

「그러니 아가, 때가 되면 한 번씩 마실을 다녀오거
라. 험한 곳도 많고 험한 자들도 지천이니 마실 나갈

때는 무엇보다 이것을 챙겨 가도록 하고.」

그러면서 어머니는 소매에서 꺼낸 그것을 허 씨의 두 손 가득 쥐여 주었다.

「의원께도 좀 드려야 맞겠지요.」 진료를 마치고 접수대 앞에 선 허 씨는 소매 안쪽에서 그녀의 누비 장옷과 비슷한 색의 신용 카드를 꺼내 보였다.

「민트색, 좋아하시나 보네요. 그러니까 환한 옥색이요.」 심 원장이 말했다. 「이 카드를 어머니에게 받으신 건가요?」

허 씨는 고개를 저었다. 처음 어머니에게 받은 것은 형태가 달랐다면서, 신용 카드는 지난번 마실에서 만들어 보았고 덕분에 마실을 나오는 길에 소매가 한결 가벼워졌다고 했다.

허 씨가 내민 카드는 일반적인 신용 카드와 다름없이 결제되었다. 그 모습을 바라보며 심 원장은 문득 언젠가 전에도 시간의 통로가 되는 문에 관한 얘기를 들었던 것 같은 느낌에 사로잡혔다. 도대체 언제, 누구에게서 들었던 것인지 기억을 더듬는 동안 옷매무새를 다듬은 허 씨가 도로 상담실 방향으로 향했다.

「잠시만요, 나가실 때는 저쪽으로 나가셔야…….」

허 씨는 심 원장의 말에 아랑곳하지 않고 상담실 안으로 들어가더니 문을 닫았다. 심 원장이 곧바로 다시 문을 열어 보았을 때 상담실 안에는 아무도 없었다. 허 씨는 흔적 하나 남기지 않고 사라진 것이었다.

「그러니까 지금 이 방의 문이 바로 그 문이군요!」 기자가 벌떡 일어나자 사진 담당이 호들갑스럽게 쫓아갔다. 두 사람은 순간적으로 인터뷰를 하던 중이라는 사실도 잊은 양 앞서거니 뒤서거니 상담실의 문을 열고 밖으로 나갔다가 안으로 들어오는 일을 반복했다. 장난기도 없이 무척 진지한 얼굴로. 물론 그렇다고 해서 갑자기 둘이 사라진다거나 하는 일은 발생하지 않았다.

심 원장 앞으로 예의 웹진이 전송된 것은 그로부터 한 달 후의 일이었다. 기사는 상담실 문 앞에서 흥분하던 두 사람의 모습을 보고 완성도를 우려했던 일이 무색하게 차분한 어조였다. 거기에는 요즘 대학생들에게서 자주 관찰되는 번아웃과 우울증에 대한 견해 및 예방 수칙이 심 원장이 전한 내용대로 상세하게 적혀 있었다. 그러나 만족스러운 인터뷰 기사를 읽으면서도 심 원장은 자꾸 다른 데 신경이 쏠렸다. 뭔가 놓치고 지나쳐 버린 게 있는 것만 같은 기분에 심 원장은 차근히 기억을 더듬어 보았다. 시선은 정면에 보이는 상담실의 문, 특색이랄 것 없는 길고 하얀 문에 둔 채로.

실패한 농담

「그러니까 네 얘기를 한마디로 정리하면 이거잖아.」 선미는 젓가락을 내려놓으며 인정을 바라보았다. 「졸업하고 언제 자리 잡아서 상담 센터까지 차릴지, 그 생각 하면 까마득해서 겁이 난다 이거지?」

「응, 맞아, 이모. 응, 그거지.」

인정은 그렇게 대답하고 탕수육 한 조각을 집었다. 그들의 테이블에 막 음식이 놓였을 때 인정은 집에서는 탕수육에 소스를 부어 먹는다고 밝혀서 선미에게 충격을 안겼다. 언니네 가족 전원이 부먹파라니! 점심을 사기로 한 선미가 자신이 철저한 찍먹파임을 밝혔으므로 인정은 얌전히 탕수육을 소스에 찍었다.

「네가 전공하는 방면에 대해서는 문외한이니까 의

견을 내기가 조심스럽기는 하지만 말이야.」선미가 인정의 찻잔을 채워 주며 말을 이었다. 「어쨌거나 두 가지는 확실하게 얘기할 수 있지 싶다.」

「뭔데, 이모?」

「일단은 네가 환자들을 대면하기 전까지 시간이 한참 남았으니까 말인데, 너 말투를 좀 고쳐야겠다. 응, 응, 맞아, 네, 네, 네…… 그러면서 여러 번 반복하는 것 때문에 조급하고 자신 없어 보여. 그 채로 상담 선생님이 되면 상담하러 온 사람들이 불안해하지 싶어. 이게 다 널 위해서 해주는 얘기야.」

인정은 그 얘기라면 엄마에게도 들었다고 대꾸했다. 「그런데 이모, 이게 다 널 위해서 해주는 얘기라는 대사는 꼰대들이 애용하는 거래.」

선미는 웃었다. 그러면서 아마 지금 처음으로 꼰대라고 지적을 당한 거였다면 웃지 못했으리라고 생각했다. 40대 중반을 넘어서부터 그 말을 들은 경험이 이미 여러 차례 있었던 것이다. 만약 눅눅한 탕수육을 먹는 것과 꼰대라는 공격을 받는 것 중 하나를 선택해야 하는 상황이 온다면 망설임 없이 후자를 택할 참이었다. 하지만 하나뿐인 조카의 지적은 겸허히 수용하

72

기로 했다.

「알았어. 꼰대 안 되게 명심할게. 본론으로 돌아가면, 네가 너무 늦었나 걱정이 되는 건 결국 남들보다 심리학과 진학이 몇 년 늦어져서 그런 거잖아. 안 그래? 미래의 심 원장님?」

「아유, 자꾸 그 원장 소리 좀 하지 마. 안 그래도 불안한데.」

「최종적으로는 독립해서 센터 차리는 게 꿈이라며. 그럼 언젠가는 심 원장님이라고 불리지 않겠니? 그런 날은 생각보다 금방 온다니까? 인생 지나고 보면 순식간이야.」

인정은 경영학과를 졸업한 뒤 1년 정도 직장 생활을 하다가 다시 수능을 치러서 심리학을 전공하는 중이었다. 본인은 남들보다 뒤처졌다며 불안해하지만, 그래 봤자 20대 중반 아닌가 싶어 선미는 그저 귀여워 보였다. 하지만 자신이 그 나이였던 시절을 생각하면 인정의 불안을 이해 못 할 것도 없다는 생각도 들었다.

선미는 대학 졸업반 때부터 또래 친구들과 툭하면 우리도 이제 꺾였다거나 반오십이라는 식으로 자학하는 농담을 주고받았던 전적이 있었다. 서른을 넘기던 시점에는 자주 우울감에 시달렸다. 서른여섯에 결혼을 약속한 연인과 헤어지면서는 이제 자신의 인생에서 연애는 다시 없을 것이라고 확신했고, 그 사실을 널리 공표하고 다녔다. 돌이켜 보면 흑역사로 가득했던 그 시기에 누군가 미래를 보고 와서 네게는 40대 후반에 새로운 만남이 찾아올 것이라고 알려 주었더라면 어땠을까. 아마 쉬이 믿지 못했을 것이다. 그러나 그런 일은 실제로 일어났다.

선미는 조카 앞에서 팔불출처럼 연인의 장점을 이야기했다. 무엇보다 마음에 드는 것은 그가 만날수록 마음을 편안하게 해주는 사람이라는 점이었다. 차분한 성격에 배려심이 있었고, (파혼에 이른 상대와는 정반대로) 석연치 않게 숨기는 구석이라고는 조금도 없었다. 또한 요리에 소질이 있었다. 선미는 정리 정돈을 즐겼으므로 일상생활에서도 서로 보완이 되었다. 선미가 석 달 전에 그의 집으로 거처를 옮긴 이래 두 사람은 일요일 저녁이면 말끔히 치운 집에서 갓 만든 튀김을 나누어 먹는 기쁨을 함께 누렸다.

「그러다가 상자를 하나 발견한 거야.」

상자는 옷 방 구석에 있었다. 골판지 재질의 평범한

상자였으나 숨기듯 낡은 담요로 덮어 놓은 흔적이 마음에 걸렸다. 선미는 잠시 팔짱을 끼고 선 채 그 안을 들여다볼 것인지 고민했다. 전 애인이 자신에게 오랫동안 숨겼던 것들이 떠오르며 아랫배가 사르르 아팠다. 당장이라도 열어 보고 싶었지만 아랫배를 손바닥으로 문지르며 40대의 자제력을 발휘해 보자고 자신을 달랬다. 그러다 한 시간 후쯤 헬스장에서 돌아온 연인에게 상자 안에 무엇이 들었는지 물었다.

「어차피 이제 다 지난 일이긴 한데, 굳이 설명하자면 전리품 같은 거라고 할까…….」

「전리품?」 선미가 그의 안색을 살피며 되물었다.

「보여 줄게. 이게 말로 설명하기가 참 힘드네.」

그가 상자 안에서 맨 먼저 꺼낸 것은 유통 기한이 무려 15년이 지난 파인애플 통조림이었다. 이어서 하늘색 빈폴 넥타이, 신문, 연극 티켓, 그가 근무한 첫 회사였던 게임 제작사의 로고가 찍힌 우산과 티셔츠도 보였다. 다이어리도 하나 나왔는데 그 또한 15년 전에 사용한 것이었다.

사진이나 커플링처럼 의미심장하게 여길 만한 것은 나오지 않았지만 선미는 어쩌면 그래서 더욱 궁금해졌다. 15년 전이 그에게 얼마나 소중한 시기였기에 이렇게 자질구레한 것까지 모아 두었을까, 하고. 청춘의 가장 빛나는 한 페이지, 그런 것을 기념하는 전리품이냐고 묻자 그는 손사래를 쳤다. 굳이 따지자면 지금까지 인생에서 가장 거무튀튀한 시기였다고 그는 말했다.

「일단 잠이 너무 부족해서 안색부터 칙칙했거든.」

「게임 회사가 오죽했을까. 지금도 잠이 많은 사람인데 그때는 아주 곡소리가 났겠네.」

「말도 마. 두말하면 입 아플 정도야.」

만성 피로에 시달렸던 그는 잠에 취해 지하철 선로에 굴러떨어질 뻔하기도 하고, 졸음운전 때문에 교통사고를 낼 뻔하기도 했다. 그럼에도 당시 그의 사수는 〈사람은 생각보다 쉽게 안 죽어〉라는 말을 입에 달고 살았다. 아직 팔팔한 20대 때 밤샘 며칠 한다고 죽을 사람은 없으며, 자신이 이렇게 멀쩡히 살아 있는 게 그 증거라고 사수는 강조했다.

「멀쩡하긴 개뿔, 위염에 장염에 역류성 식도염을 하도 달고 살아서 뒤에서는 다들 염증 덩어리라고 불렀는데. 내가 거기서 1년 만에 나온 게 체력이 달려서 그런 탓도 있지만 절반은 사수 때문이었어. 염증 덩어리 입에서 나오는 말에 내가 염증이 나서.」

「잘했어.」 선미가 대꾸했다.

「한데 웃긴 게, 과거는 미화된다고 하잖아. 그만두고 1년쯤 지나니까 아깝다는 생각이 들더라고. 거기서 좀 더 지나니까 심지어 사수 말을 들을 걸 그랬나 하는 생각이 들더라니까. 어쨌건 쉬운 데가 없는데 그 회사는 페이가 나쁘지 않았으니까. 버텼으면 그래도 연봉은 아쉽지 않게 찍었을 텐데 싶은 거야. 30대 중반에 잘 안 풀릴 때는 더 심했어. 그때 악착같이 못 버텨서 망했다는 생각, 내 인생이 그때부터 꼬였다는 생각을 매일 했다고 해도 과언이 아니야.」

그러던 어느 해 설 연휴에 그가 할머니 댁에 갔을 때였다. 금융권 특유의 실적 압박을 이겨 내고 은행원으로 일하는 사촌의 연봉을 듣고 그는 입맛이 뚝 떨어졌다. 그러나 친척들이 다 함께 모인 자리에서 식사를 거르기에는 눈치가 보였으므로 김이 오르는 떡만둣국을 받아 들고는 뜨겁고 뽀얀 국물만 하염없이 떠먹었다. 그런데도 얹힌 것처럼 속이 답답해서 소화제를 삼켰다. 상을 물린 후에는 소화 불량을 핑계로 주변을 한 바퀴 돌고 오겠다며 슬쩍 집을 빠져나왔다.

할머니 댁이 북촌에서도 깊숙한 안쪽에 자리한 고택이라는 점이 그날처럼 반가웠던 적이 없었다. 그는 오래된 골목길을 거닐며 마음을 비워 보려 했다. 그러나 아무리 차분한 풍경 속으로 걸음을 옮겨도 지난 선택을 후회하는 마음이 번져 나가는 것은 막을 도리가 없었다. 첫 번째 직장에서 자리 잡지 못한 게 가장 크게 후회되었지만 실은 그간의 연애도, 교우 관계도, 대학 전공의 선택까지 죄 실패만 거듭한 것 같았다. 할 수만 있다면 20대의 삶 전체를 지우고 새것으로 갈아끼워 버리고 싶은 심정이었다.

목적 없이 걷다가 할머니 댁으로 돌아온 후에도 그는 마당 안을 서성였다. 그러다 창고의 나무 문 위에 드리운 수상한 빛을 발견했다. 맑은 호수의 표면에서 일렁이는 윤슬을 살며시 건져 펼쳐 놓은 듯 점점이 반짝거리던 빛은 그가 문 앞으로 다가서자 흔적도 없이 사라졌다. 그는 한 발짝 뒷걸음질 쳤고 묘한 허무감과 추위를 한데 느끼며 그 문을 열어 보았다. 그러자 그곳에 자신이 그토록 안타까워하던 시간, 20대 후반이었던 그때의 자취방이 있더라고 했다.

처음으로 구입한 정장과 선물받은 빈폴 넥타이, 노트북이 놓인 지저분한 책상, 개지 않은 이부자리 위에 가운데가 움푹 꺼진 솜 베개, 구석에 쌓여 있는 생수병까지 의심할 여지가 없는 과거의 자기 방 풍경이었다. 엄청난 혼란에 휩싸인 그는,

움푹 들어간 베개를 베고 눕자마자 잠이 들었다.

퍼뜩 눈을 떴을 때는 한 시간 가까이 지난 후였다. 그는 얼떨떨한 기분으로 서둘러 방 밖으로 나왔다.

이후 그는 며칠간 몽롱한 기분으로 과거의 시간을 더듬다가 주말에 다시금 할머니 댁을 찾았다. 조부모가 잠든 틈을 이용해서 창고의 문을 열자 다시금 예전의 자기 방이 나왔다. 이번에도 졸렸다. 밤에 와서 그런 것인지 모르겠다는 생각을 하며 그는 날이 새도록 자다가 이튿날 아침에 되돌아왔다. 한 번 더 그런 식으로 자고만 왔더니 모든 게 꿈인지도 모른다는 생각이 들어서 그다음부터 전리품을 챙겨 온 것이었다. 하지만 전리품이 늘어나는 것 외에 달라지는 점은 없었다. 그 방에 들어가면 손 하나 까딱할 기운 없이 잠이 쏟아져서 저항할 방도를 찾지 못했다.

한 계절쯤 과거의 방을 드나들며 자고 오는 일을 반

복한 후에 그는 그때로 되돌아가고 싶다는 후회를 품은 채 과거에 머물러 봤자 변하는 것은 아무것도 없다는 사실을 받아들이게 되었다. 자연스레 현재에 충실하자는 마음도 피어났다. 그 후로도 이따금 후회되는 일이 있으면 상자를 열고 전리품을 들여다보았다고 했다. 전리품 상자가 있는 덕에 더 이상 할머니 댁의 창고 문을 열 필요조차 느끼지 않게 되었다고도 덧붙였다.

「이모, 이모는 그 문 본 적 있어?」

「응, 한 번. 북촌에 놀러 갔을 때 차 한잔 얻어 마셨거든. 그때 봤지.」

「문 열고 들어가 봤어?」

「아니. 뭣 하러.」 선미가 눈썹을 찡긋거렸다. 「나는 20대든 30대든 돌아가고 싶지가 않아. 지금이 좋아.」

단정하게 머리를 말아 올린 서버가 후식을 가져다주었다. 선미는 살얼음이 낀 열대 과일을 사탕처럼 녹여 먹으며 말을 이었다.

「우리 심 원장처럼 심리학 전공은 아니지만 해석을 해보자면 내 생각은 이래. 이 사람은 사실 강박증이 좀 있는 편인 거지. 그래서 어떤 시기의 물건을 모아 놓기도 하고, 어떤 문은 열기가 겁나기도 하는 거고. 그런데 낼모레면 쉰이 될 아저씨가 겁난다는 말 하는 건 창피했나 봐. 그래서 두 가지를 이어 붙여서 농담을 하려고 했는데, 얘기를 하다 보니까 뻥이 심해진 거지. 그러니까 실패한 농담인 거야.」

「이모도 결국 문을 안 열었다고 하지 않았어? 그럼 성공한 농담 같은데.」

선미는 씩 웃으며 인정의 어깨를 짚고는 바로 그거라고 말했다. 인정이 고개를 갸웃하자 그녀는 이렇게 덧붙였다.

「그것 봐. 성공인지 실패인지는 보기에 따라 그렇게 얼마든지 달라지는 거라고. 그러니까 더욱이, 뭐든 미리 겁낼 필요도 없다고. 알겠지?」

도시 전설

토요일 아침, 잠에서 깬 강원은 날씨부터 확인했다. 새벽까지만 하더라도 번개를 동반한 폭우가 쏟아진 탓에 오늘의 약속이 위태로웠던 것이다. 커튼을 걷자 다행히 비가 갠 맑은 하늘이 보였다. 시야는 평소보다 더 멀리까지 트여 있었다. 그 모습을 보자 단박에 떠오르는 곳이 있었으므로 강원은 은하와 정은에게 약속 장소를 변경하면 안 되겠느냐고 메시지를 보냈다.

정은은 귀찮은 기색을 내비치는 답신을 보내왔고 약속 장소인 카페에 도착해서도 툴툴댔지만, 루프톱 층에 올라가자 전망이 최고라며 감탄해 마지않았다. 은하도 휴대 전화를 들어 후암동의 전경이 한눈에 내려다보이는 풍경을 사진으로 담았다.

강원은 그제야 안도하며 루프톱의 좁은 계단까지 조심히 들고 오느라 애먹었던 케이크를 상자에서 꺼내고 초를 꽂았다. 작은 목소리로 빠르게 생일 축하 노래를 부르고 나서 은하가 촛불을 껐다.

「무슨 소원 빌었어?」 강원이 물었다.

「나중에 꼭 내 가게 열 수 있게 해달라고. 그리고 우리 동네 그 빵집처럼 오래오래 살아남을 수 있게 해달라고.」

자신의 적성과 정반대인 회사에서 일하고 있는 은하는 20대 후반에 접어든 시점에 두 가지 장기 계획을 세웠다. 하나는 결혼을 하지 않겠다는 것, 다른 하나는 대략 마흔 전후에 식사 빵을 위주로 운영하는 작은 빵집을 창업하겠다는 것이었다. 롤 모델은 동네에 있는 빵집이라고 했다. 카운터 위로 국밥집이나 족발집처럼 〈대를 이어 지켜 낸 맛과 정성〉이라고 적힌 창업주의 사진이 붙어 있는 곳으로, 빵의 종류는 많지 않지만 고품질의 재료를 쓰는 데다 소화도 잘 돼서 단골이 많은 곳이었다.

그 빵집에는 한 가지 신기한 점이 있었다. 벽에 붙은 선대의 사진과 지금의 2대 주인이 지나치다 싶을 만큼

닮았다는 것이었다. 서글서글한 눈매는 물론이고 미간 사이에 세로로 잡힌 주름과 팔자 주름의 형태까지 판박이여서 부자 관계라기보다는 쌍둥이처럼 보인다고 은하는 말했다. 그로 인해 단골들끼리는 대를 이어 운영한다는 것은 비밀을 감추기 위한 눈속임에 불과하며, 실은 영원히 늙지 않는 제빵사가 매일 같은 맛의 빵을 구워 내는 거라는 농담이 통용된다고 했다.

「동네 전설 같은 거지.」 은하가 말했다. 「우리가 다녔던 학교 동상이 자정이면 움직인다고 했던 것처럼.」

「그 동상, 말도 하지 마. 어유, 그 녹슨 눈동자! 생각만 해도 찝찝해.」 강원이 인상을 썼다. 「그거에 비하면 빵집 전설은 도시 전설치고는 너무 상큼한 거 아니야?」

그 말에 대꾸한 것은 정은이었다. 정은은 고개를 갸웃하더니 〈그 빵집 안에 있는 문이 시간의 문인 거 아니야?〉 하고 반문했다. 강원은 그럴 수도 있겠다고 고개를 끄덕였는데, 은하는 시간의 문에 대해서는 들어본 적이 없다고 했다. 강원은 다소 놀랐다. 시간의 문이야말로 도시 전설 중에서도 가장 보편적인 얘기라고 여겨 왔기 때문이었다.

「시간의 문이라는 게 구체적으로 어떤 건데?」 은하

가 관심을 보였으므로 강원이 입을 열었다. 「말 그대로야. 열고 들어가서 다른 시간대로 이동하기도 하고, 안으로 들어가서 닫으면 시간이 멈추기도 하는 문이 여기저기 숨어 있다는 얘기야. 너 정말 들어 본 적 없어?」

최근에 시간의 문을 언급하는 이들 중에는 주식이나 코인 투자자들이 많았다. 얼마 전에 강원도 회사의 동료에게 들은 적이 있었다. 그는 주식 투자 실패로 한 해 연봉을 날린 이래, 개미들은 시간의 문을 열고 나가서 언제가 어깨인지 보고 오지 않는 이상 대박이 날 수 없다고 강조했다. 호텔을 예약할 때 조심해야 한다는 이야기를 들은 적도 있었다. 호텔 내부에 시간의 문이 자리한 경우에는 날짜를 잘못 클릭하면 원치도 않는 과거에 머물다가 올 수 있다는 것이었다.

소규모 여성 의류 쇼핑몰에서 MD와 웹 디자이너 일을 병행하고 있는 정은은 계절을 앞서 움직여야 하는 패션 업계야말로 시간의 문과 관련된 농담이 넘쳐나는 곳이라고 전했다.

「떡볶이 코트라고 부르는 더플코트 있지? 전에는 10대들이 교복 위에 걸치는 이미지였는데 다시 유행

하니까 우리 또래도 많이 입잖아. 그렇게 복고풍 아이템 하나 뜨면 누가 또 시간의 문 활짝 열고 가서 한 보따리 가지고 왔나 보다 그래. 패션이 이삼십 년 주기로 돌고 돈다고 얘기할 때는 사실 시간의 문이 회전문이라는 농담도 하고. 그런 농담을 하도 많이 해서 그런지 요즘에는 역발상으로 패션이 시간의 문을 찾는 길잡이가 된다는 얘기도 있지.」

「안테나처럼? 그럼 우리 학교 다닐 때 입던 체육복을 입고 있으면 그즈음으로 연결되는 문을 찾기가 더 쉬워진다는 얘기야?」

은하가 묻자 정은이 고개를 끄덕이더니 케이크에 포크를 찔러 넣었다.

강원은 카페의 스태프들에게도 케이크를 한두 조각 나누어 주어야겠다고 생각했지만 좁은 계단을 내려가 카운터까지 다녀오기가 번거로워서 새 접시 위에 따로 올려 두기로 했다. 입을 대지 않은 포크로 조심히 케이크를 옮긴 후였다. 때마침 루프톱에 아마도 커플로 보이는 한 쌍의 복고풍 패션이 등장하자 어쩐지 웃음이 비어져 나왔다.

「지금 들어오는 사람들은 90년대 문 찾고 있나 보

다. 아니면 거기에서 문 열고 나왔거나.」

정은은 티 나지 않게 그들을 훑어본 뒤에 여자 쪽은 통이 넓은 힙합 바지 위에 크롭톱, 손목의 아대까지 흠 잡을 데 없이 90년대풍이고, 어깨 패드가 들어간 재킷을 걸친 남자 쪽 패션은 그보다 80년대에 가까워 보인다고 분석했다. 그런 다음 자기는 굳이 패션이라는 안테나까지 동원하여 시간의 문을 열 수 있다면 미래로 가고 싶다며 두 사람의 의견을 물었다.

농담에 종종 동원하는 소재였으나 진지하게 고려해 본 적이 없었던 강원은 은하에게 질문을 넘겼다. 은하는 가벼이 한숨을 쉬더니 언제든 원하는 시점으로 갈 수 있다면 꼭 가고 싶은 날이 있다고 말했지만 그게 언제냐고 묻자 고개를 저었다.

「케이크 먹으면서 할 얘기는 아니라서.」

은하의 얼굴에 씁쓸한 미소가 번졌다. 강원이 한 번 더 어떤 사연이냐고 물었지만 그녀는 시폰 케이크의 맛을 칭찬하며 말머리를 돌렸다.

루프톱의 계단을 조심조심 내려온 후에 강원은 카페의 주인에게 케이크 조각을 건넸다. 민트빛 블라우

스의 어깨선에 닿을 듯한 긴 단발머리가 그녀의 움직임에 따라 찰랑거렸다. 〈머릿결 엄청 좋으시다〉하고 정은은 감탄해 마지않았다.

「그치.」 강원이 맞장구를 쳤다. 「비결을 물어봤는데 그냥 타고난 거라고 그러셔.」

「글쎄, 앞으로는 어떠할지…… 듣자 하니 유럽은 물이 석회수라 거기서 몇 주 지내다 보면 머릿결도 변한다고 하더만.」 주인이 머리를 쓸어 올리며 말했다. 「양과자 고마워요.」

강원은 여행이라도 가시느냐고 물었고, 주인은 크로아티아를 시작으로 동유럽 몇 나라를 돌고 올 계획이라고 밝혔다.

「부럽네요. 그런데 이런 경치를 매일 보면 여행 욕구도 별로 안 들 것 같은데, 안 그런가요?」 강원이 물었다.

「처음이야 어찌 안 그랬겠어요? 나도 이 풍경을 굽어보며 한세월 보내면 여기까지 온 여한이 없다 싶어 시작했는데, 그렇지가 못해요. 종일 매여 있어야 하니까 갑갑증이 일고 울화가 쌓여요. 내가 이러려고 여기까지 온 게 아닌데, 이러려고 문을 연 게 아닌데 싶어서 떠나 보기로 했지요.」

「문이요? 어머, 사장님도 그 문 열고 나오셨나 보다. 어쩐지 말씀하실 때 어휘가 요즘 시대 분이 아닌 것 같았어요.」

강원이 장난스럽게 대꾸하자 주인은 문 얘기는 비밀이라며 검지를 세워 입술에 가져다 댔다. 정은이 〈비밀 꼭 지켜 드릴게요!〉 하고 호들갑을 떨어서 은하는 웃음을 터뜨렸다. 그러고 나자 건물 밖으로 나가는 일상적인 움직임에도 묘하게 기분이 들떴다. 마음 한편에 문 너머의 세계에 대한 기대를 품은 채로 은하는 조심스레 카페의 문을 열었다.

룸 온리

불교 신자도 아니건만 은하는 새해를 맞이한 이래 한동안 부처님만 바라보고 살았다.

「부처님이 아니라 부처님 오신 날을 기다리는 거잖아.」 민주가 어이없다는 듯 지적했지만 은하는 표현을 정정할 의사가 없었다. 대체 휴일을 적용하지 않는 소기업에 다니는 회사원으로서 공휴일이 번번이 주말과 겹친 상반기 달력을 넘기다 보면 금요일에 위치한 부처님 오신 날만 기다리게 되었다. 그 마음이 짙어지다 못해 이내 5월이라는 말만 들어도 불상의 은은한 미소가 떠올랐다.

「그럼 그때 우리 절에라도 가는 거야?」 민주가 물었다. 「그건 아니잖아.」

「그건 아니지. 제주도에 이렇게 봐둔 데가 있는데.」

은하는 태블릿 피시를 열어 점찍어 둔 펜션을 보여 주었다. 침대를 기준으로 왼편의 창으로는 곧게 뻗은 야자수와 푸른 바다가 보이고, 오른쪽 창으로는 야트막한 오름을 감상할 수 있는 곳이었다. 숙소 1층의 카페에서 파는 디저트도 평이 좋았다. 그곳에서 이틀을 느긋하게 쉬고 사흘째는 맛집을 순례한 후에 공항 근처에 묵었다가 월요일 오후에 돌아오는 일정이었다. 월요일 딱 하루만 연차를 사용하면 그렇게 3박 4일을 즐길 수 있었다. 숙소의 전망과 가격에 민주도 만족하는 눈치였기에 은하는 곧바로 예약을 감행했다.

「인기 많은 숙소라서 망설이면 놓치거든.」

「그러다 너희 대표가 또 감당 못 할 일 물어 오면 어쩌려고.」

「그럴 일 없도록 빌어 보자.」

「부처님한테?」

「응, 부처님한테.」 은하가 합장하고 대답했다.

그렇게 말해 놓고는 제대로 기도 한번 드리지 않았던 탓일까. 은하는 결국 제주도로 떠날 수 없었다. 민주가 염려한 대로 은하네 회사 대표가 막무가내로 일을 따온 탓에 4월 말부터 비상이었다. 월요일 하루 연차를 쓰기는커녕 부처님 오신 날 당일에도 오전에는 회사에 나가 봐야 했다. 급한 불을 끄고 나자 머쓱한 듯 웃으며 점심 회식이 어떠냐고 묻는 대표의 제안을 단칼에 거절하고 집에 돌아와서 은하는 세탁기부터 돌렸다. 지난 주말에 손 하나 까딱할 기운이 없었던 탓에 빨랫감이 잔뜩 쌓여 있었던 것이다.

실내복으로 입던 옷들도 동이 난 터라 옷장 안쪽에서 언제 마지막으로 입었는지 기억도 나지 않는 트레이닝팬츠와 반소매 티셔츠를 꺼내 입고 은하는 침대에 누웠다. 그런 다음 부러워하는 게 지는 거라면 자신은 이미 졌다고 밝히고는 민주에게 직접 가서 찍은 숙소의 사진을 보여 달라고 청했다.

민주는 은하 대신 함께한 동생과 제주를 만끽하고 있었다. 은하는 모쪼록 자기 몫까지 놀다 오라고 전하고 낮잠을 청했다. 하지만 탈수를 시작한 세탁기가 내는 소음에 잠들기도 여의치 않았으므로 습관적으로 태블릿 피시를 들었다.

서울 시내에도 한 번쯤 묵어 보고 싶은 호텔은 여러

군데 있었다. 은하는 연휴에 맞춰서 근사한 패키지 상품이 나와 있을 수 있겠다 싶어 호텔의 홈페이지를 띄웠다. 버킷 리스트의 1순위인 호텔은 세 가지 패키지를 마련하고 있었는데, 남산의 신록을 감상할 수 있는 전망을 가진 곳이라 그런지 가격이 만만치 않았다. 그러다 2순위인 호텔의 홈페이지를 열었을 때였다.

서버에 오류가 생긴 것인지 분명 객실 패키지를 클릭했건만 〈룸 온리〉라는 상품만 보였다. 얼리 버드나 연박 할인은 고사하고 조식 포함 패키지조차 찾아볼 수 없었다. 오직 룸 온리뿐이었다. 제시된 가격대만큼은 평소보다 저렴한 편이었으므로 은하는 날짜 선택 버튼을 눌렀다. 액정 위로 5월의 달력이 보였고, 다음 달로 넘기려던 동작이 삐끗하여 손끝이 아래가 아니라 위쪽으로 움직인 순간이었다.

액정 위에 지난달의 달력, 즉 과거의 시간이 활성화되었다. 엄지의 끝을 살짝 움직이는 것만으로 화면은 두 달 전, 석 달 전, 1년 전의 달력을 펼쳐 보였다. 날짜를 클릭하면 체크인과 체크아웃 설정도 되었다.

언젠가 도시 전설처럼 흘려들었던 이야기가 이런 식으로 이루어지는 것일까. 겁이 날 만큼 심장 박동이 빨라진 은하는 자칫 떨어뜨리기라도 할까 봐 가만가만 태블릿 피시를 테이블 위에 내려놓았다. 순식간에 화면이 사라질지 모른다는 불안감으로 시선은 계속 화면을 향한 상태였다. 손바닥에 배어 나오는 땀을 닦으며 과거 중 단 하룻밤의 시간을 되살릴 수 있다면 가야 할 날은 이미 정해져 있다는 생각을 했다.

하지만 곧장 객실을 예약하려니 마음이 놓이지 않았다. 은하는 비공개로 돌린 후 방치해 두었던 블로그를 열고 몇 해 전의 기억을 더듬어 보았다. 되돌아가고 싶은 시점은 둘로 좁혀졌다. 고민 끝에 두 날짜 중 더 앞선 날 쪽을 선택하기로 마음먹고 예약을 진행했다.

해당 서비스는 1박으로 객실 내에서만 유효합니다.
예약 내역의 변경은 불가합니다.

이용 안내란에는 그렇게 적혀 있었다. 은하는 그 문장을 일일이 소리 내 읽으며 확인했다. 마지막 절차는 실제로 호텔에 방문하는 날을 정할 차례였다. 내일이라도 당장 호텔로, 과거로 향하고 싶은 마음이 드는 한편 마음의 준비를 할 시간이 필요한 것 같기도 했다.

그리하여 은하는 호텔로 향하는 날짜를 그 주 토요일로 지정하여 예약을 마쳤다.

한 주간 은하의 일상은 변함없이 흘러갔다. 세 번 야근을 했고 하루는 지각을 면하기 위해 택시를 타고 출근했다. 목요일 오전에 대표에게 입바른 말을 한마디하고 점심 식사 내내 훈계를 듣다가 잡채밥이 얹힌 것 정도가 사건이라고 부를 만한 일이었다.

체크인 전날인 금요일 밤이 되어서야 내일 치러야 할 일이 실감 나며 다시금 심장이 쿵쿵 뛰었다. 몇 해 전 이맘때, 그 애의 부고를 전해 들었던 순간이 되살아났다. 검은 슬랙스와 니트, 코트를 입고 병원으로 향하는 동안에도 실감이 나지 않았지만, 와줘서 고맙다는 그 애 어머니의 인사를 듣자마자 눈물이 멈추지 않았다. 인사할 기운조차 없다는 듯 벽에 기대앉아 있던 그 애 동생의 옆모습. 그리고 그 애가 남긴 유서의 내용. 더는 버틸 힘이 없다던, 누구도 믿어 주지 않았던 그날부터 자신의 삶은 부서지기 시작했다던 말이 또렷하게 떠올라서 은하는 잠을 설쳤다.

이튿날 오후에 은하는 호텔로 향하는 횡단보도를

서둘러 건너다 발목을 접질릴 만큼 긴장했다. 반면에 체크인 절차는 지극히 평범했다. 다른 점이 있다면 호텔 직원에게 건네받은 카드 키가 꽤 낡은 것처럼 보인다는 것뿐이었다. 빛바랜 민트색으로 군데군데 긁힌 자국이 보이는 키를 307호의 손잡이 부근에 가져다 대자 방문이 열렸다.

은하는 신발을 벗고 침대 위에 올라가 헤드 쿠션에 기대앉았다. 그러고는 협탁 위의 전화 수화기를 들었다가 도로 내려놓았다. 냉장고를 열고 생수로 바싹바싹 마르는 입술을 축였다. 그런 다음 다시 전화기 앞으로 가서 그 애의 휴대 전화 번호를 눌렀다. 끊어질 듯 오래 신호가 가더니 〈여보세요〉 하는 목소리가 들려왔다.

「잘 들어갔어? 저기, 아까 낮에 말이야……」 은하의 목소리가 떨렸다.

「뭐, 내가 한 얘기가 진짜냐고? 너도 홍 선배가 정말 그런 짓을 했을까 싶어서, 안 믿겨서 걸었어?」

「아니야.」

「그러면 뭐. 대체 또 무슨 말 하려고 그러는데. 나 거짓말한 거 없어. 갑자기 거기서 그런 얘기 해서 분위기

망친 건 미안한데, 다들 정말 너무하더라.」

「그랬지. 맞아, 나 사과하려고 건 거야. 네 말 믿어.
그냥 아까는 분위기가 그렇게 흘러가 버려서 선배들
한테 그만하라는 말이 안 나왔어. 미안해.」

「……그래도 미안한 줄은 아냐?」

「당연하지. 내가 비겁했어.」

「알긴 아네. 근데 은하 너 목소리가 왜 이래, 갑자기
확 늙은 거 같은데?」

「벌받았나 보지 뭐.」

「뭐래. 울었어? 울면서 사과하는 거야?」

「응. 그러니까 잊어버리지 말아 줄래?」

「뭘?」

「나도 너 믿고 너희 엄마도, 동생도 네 얘기 믿는다
는 거. 혹시 말이야, 나중에라도 확 뭔가 저질러 버리
고 싶다는 생각이 들어도 그걸 꼭 기억해 줘야 돼. 부
탁이야.」

「미친, 갑자기 무슨 얘기야. 너 우리 엄마 본 적도 없
잖아.」

은하가 뭔가 덧붙일 말을 고민하던 와중에 〈야, 우
리 아빠가 치킨 사 왔대. 내일 보자〉 하는 인사와 함께

통화가 끊겼다.

은하는 수화기를 내려놓고 누운 상태로 한동안 훌쩍였다. 그러고는 시큰거리는 발목을 담그기 위해 욕조에 물을 받았다. 뜨거운 물이 욕조 안을 조금씩 채워 나갔다.

단 한 번이라도 사과를 할 수 있는 기회가 주어지기를 바랐었지만 막상 미안하다는 말을 전하고 나서도 무언가 달라졌다는 느낌은 들지 않았다. 그 애의 상처는 분명 오늘 낮의 일, 그때의 차가운 고립으로 인해 곪아 갔을 텐데 고작 전화 한 통으로 막을 수 있는 게 있을까. 은하는 눈물을 닦고 욕조 안에 몸을 담갔다. 물이 식을 때쯤, 그 애가 치킨을 다 먹고 났을 때쯤 다시 한번 전화를 걸어 볼 셈이었다. 이번에는 더 차근히 이야기를 나눠 보아야겠다고 은하는 마음먹었다.

포인트

트렁크의 짐을 모두 챙긴 뒤 민주는 마지막으로 발코니 문을 열고 나가 선베드에 누웠다. 그러자 숙소에 처음 도착했을 때 프라이빗 풀의 아담한 크기에 실망한 일과 그 옆으로 놓인 선베드만큼은 마음에 들었던 것이 기억났다. 새것처럼 청결해 보였으며, 한낮에도 볕을 피할 수 있도록 나무 그늘에 있었기 때문이었다.

여기에 좀 더 누워서 쉬고 음악도 들을걸, 하고 민주는 뒤늦게 아쉬워했다. 그렇다고 해서 지난 4박 5일간의 여행이 불만족스러웠던 것은 아니었다. 그 반대였다. 눈부신 햇살 아래 새들의 지저귐을 들으며 깨어나는 아침, 숲을 바라보며 천천히 호흡을 조절하라던 요가 선생님의 부드러운 음성, 기대 이상으로 입맛에 맞았던 현지 음식과 저녁 산책길을 물들인 석양을 그대로 옮겨 온 듯 화려한 빛깔의 칵테일까지 모든 게 흡족한 시간이었다. 끈끈한 습기를 머금은 더위가 아니라, 살갗이 따가울 만큼 강렬한 볕이 내리쬐는 날씨도 마음에 들었다. 잠깐씩 햇볕을 쐬는 것만으로도 지난 몇 달간 자신과 이지의 앞날에 대해 전전긍긍하느라 축축해진 마음의 구석까지 보송보송해지는 기분이 들었다.

그러나 휴식을 위한 시간은 끝이 났다. 이지가 준비를 마치면 두 사람은 이제 공항으로 향하는 밴에 올라야 했다. 이럴 때 갑자기 기상 이변이 생겨서 하루쯤 여행이 연장된다면 얼마나 좋을까. 민주는 고개를 젖히고 먼 하늘에 시선을 던졌지만 그럴 기미는 조금도 보이지 않았다.

「이제 일어나야지.」곁으로 다가온 이지가 민주의 어깨에 손을 올리며 말했다.

「1분만. 자기도 1분만 여기 누워 봐.」민주가 졸랐다.

「이렇게 좋아할 걸. 오기 전에는 아직 휴가 갈 여유가 없다고 앙탈을 부리고. 왜 그랬니?」

「그러게.」 민주가 겸연쩍은 듯 미소 지었다.

「한겨울에 따듯한 남쪽 나라에 오기를 잘했죠?」 이지가 애교 섞인 존댓말로 물었다.

「응.」

「내 말 듣기를 잘했죠?」

「응!」

이지는 자기가 물어 놓고도 연달아 순순히 인정하는 민주의 대답에 놀라 정말이냐고 되물었다.

「그럼. 할 수만 있으면 겨울 휴가 하루 더 연장하고 싶어서 눈물이 날 지경인데.」

「그 정도라고? 세상에, 그럼 진작 말을 하지!」 이지가 몸을 틀어 민주의 한쪽 볼을 손바닥으로 감쌌다. 「얘기했잖아. 내가 이번에도 정직원은 못 됐지만, 이제부터 복지 포인트는 쓸 수 있다고. 포인트 좀 쓰면 시간의 문도 지정할 수 있어.」

이지가 벌떡 일어나 휴대 전화를 가지러 가자 민주도 그녀를 따라갔다. 마음은 고맙지만 이 여행을 이지가 전부 준비한 데 더해 그것까지 받을 수는 없었다.

「아이고, 복지 포인트는 건드리면 안 되지. 자기 부모님 드린다고 했잖아.」

「효도 여행 가서 폼 잡으면서 쓰고 싶어도, 일단 부모님이 여행을 갈 컨디션이 안 되는걸, 뭐. 내가 얘기 안 했던가? 우리 아빠, 약속 안 지키고 요새 또 운동 안 간대. 야식도 먹는대. 당뇨 무서운 거 본인이 제일 잘 아시면서 참…….」 이지는 진절머리가 난다는 듯 고개를 젓고는 앱을 열었다. 「음, 기왕 쓰는 거면 건물 입구로 가서 거기 문으로 지정할까?」

민주는 고개를 저었다. 「아니, 이 안에만 있어도 충분해.」

이지는 손가락으로 오케이 사인을 보내고 숙소의 방문을 사진으로 찍어 지정한 후 복지 포인트 앱에 등록했다. 해외 사용이라 포인트 삭감이 상당했고, 배우자와 함께 쓰는 것이라서 여섯 시간을 지정해도 실제 사용 가능한 시간은 절반으로 줄었지만 개의치 않고 등록을 마쳤다.

〈그럼 기왕 여유 부리는 거〉 하면서 민주는 냉장고 안에 든 맥주와 주스를 한 병씩 꺼냈다.

다시 선베드 앞으로 돌아간 두 사람은 각자가 쥔 음료의 병을 가볍게 부딪쳤다. 민주는 천천히 맥주를 마셨다. 팔걸이에 맥주병을 내려놓고 기지개를 켜자 나무 그늘을 벗어난 발끝에 따끈따끈하기도 하고 따끔따끔하기도 한 볕이 닿았다. 그러자 언젠가 사회 초년생 시절에 제주도에서 동생과 함께 해수욕을 하던 일이 떠올랐다. 원래 그 여행을 계획했던 사람은 은하였다. 무슨 사정 때문에 함께 못 갔는지 기억이 나지 않는다고 했더니 이지는 〈이런 상황에 다른 친구 생각했어? 나는 우리 처음 만난 날 생각하고 있었는데 말이야〉 하고 가볍게 투정을 부렸다.

그날의 일이라면 기억을 더듬을 필요 없이 민주에게도 또렷하게 각인되어 있었다. 사실 이지와 마주친 것은 어느 송년회 자리에서 스친 후 그날이 두 번째였다. 하지만 서로를 명확하게 인식했던 것은 그날 그 광장에서의 만남이 첫 번째라고 할 만했다.

고도의 반어적 농담이 아닐까 의심이 될 만큼 아이러니한 선곡이었던 차이콥스키의 음악에 맞춰 혐오의 춤을 추던 사람들. 그들에게 에워싸였던 그날의 광장. 광장을 가득 메운 사람들이 뿜어내던 열기와 한여름 직사광선의 소용돌이 속에 민주는 이지에게 인사를 건넸다. 긴장한 기색을 숨기기 위해 심호흡을 하고 나서 〈어머, 여기서 또 뵙네요〉 하고 말문을 열었다.

민주는 고개를 돌려 이지의 옆얼굴을 바라보았다. 그날로부터 상당한 시간이 흘렀지만 이지는 별로 변한 구석이 없어 보였다. 앙증맞아 보이는 오른쪽 볼 위의 작은 점도, 오직 눈썹만을 공들여 그리는 간단한 화장법도 그때와 같았다. 달라진 점이 있다면 그때는 이지의 얼굴을 바라만 보았고, 지금은 이렇게 볼 위에 가만 손바닥을 대어 볼 수 있다는 점 정도였다.

「손 엄청 따듯하다.」 이지가 노곤한 어투로 말했다. 「여기서 잠깐 졸다가 마지막으로 물놀이할까요?」

「좋지.」

낮잠을 청하기 전에 민주는 맥주를 한 모금 더 마셨다. 마지막 물놀이를 즐긴 후에도 맥주는 차가울 터였다. 이지가 지정한 시각에 문을 열고 나가기 전까지는, 앞으로 세 시간 동안 조금의 변화도 없이.

3부

12월의 마지막
토요일

밀크티 동맹

희영 씨, 지금 통화 괜찮아?

응, 오랜만이지. 요즘 어떻게 지내?

하긴 요새 같아서는 안부를 물을 것도 없지. 다들 집콕 중이니까. 그래도 희영 씨가 더 답답할 것 같아. 원래 계획대로였으면 지금쯤 치앙마이에 있었을 텐데.

돌아보니까 있지, 희영 씨가 30대 안에 〈치앙마이한 달 살기〉 하러 갈 거라고 했을 때, 내가 옆에서 김새는 소리를 너무 많이 했던 거 같아. 듣기 싫었지?

아유, 듣기 싫었을 거야. 매체에서 자주 접하니까 쉬워 보이는 거지, 우리같이 평범한 사람들은 그런 거 하기 쉽지 않다고 내가 막 초를 쳤으니까. 지금 생각해보면 나도 한 번쯤 멀리, 오래 떠나 보고 싶은데 엄두가 안 나니까 괜히 희영 씨까지 〈우리〉라고 꼭꼭 묶었던 거 같아. 사실 희영 씨 그만두면 팀장님이랑 둘이 남아서 어쩌나, 팀장님한테 아닌 건 아니라고, 구린 건 구리다고 직언은 누가 하나 싶어서 겁나기도 했고.

알지, 그럼! 그때 우리 팀장님 정도면 좋은 상사였지. 희영 씨 막 들어왔을 즈음에는 쌍둥이가 한창 손이 많이 갈 때라서 매일 녹초였고, 그래서 이른 오전에 특히 지쳐 있었던 거지. 원래 성격이 까다로운 사람은 아니었어. 나도 지금 같으면 잘 알았을 거야. 얘기했던가? 우리 언니도 연년생으로 남매를 낳았거든. 나 주말에 조카들이랑 몇 시간 놀아 주면 집에 오자마자 뻗어서 열 시간씩 잔다니까. 중간에 한 번 깨지도 않고. 그러고 나면 진짜 그 시절 팀장님 생각나더라고. 팀장님은 팀장님 나름대로 우리한테 마음도 쓰고 챙겨 주기도 했었잖아. 대단하다 싶어.

그래, 팀장님이 복권 살 일 있으면 꼭 세 장 사서 우리도 한 장씩 줬잖아. 점심 회식이라면서 가끔 초밥집에서 정식도 사주고. 음료수는 진짜 자주 사주셨지. 편의점에 가면 꼭 2+1 하는 거 골라서 주셨고. 한동안 데자와에 꽂혀서 셋이 그거 엄청 마셨던 거 기억해? 온

장고에서 막 꺼내 온 거 손에 쥐면 따끈해서 좋다고 그러면서. 있지, 나는 셋이 처음으로 데자와를 마셨던 날이 언제인지도 기억나.

응, 정말이야. 그게 언제였느냐면 희영 씨가 입사한해 12월 마지막 토요일이었어.

그래, 토요일. 확실해. 우리 회사가 야근은 좀 시켜도 주말 출근은 없었잖아. 그런데 팀원 세 명 전부 느닷없이 토요일에 출근을 했으니 까먹을 수가 있나. 그주 내내 춥다가 그날은 또 날씨도 좋았다고. 그날 희영씨는 데이트 파투 냈다던가 그랬어, 맞지? 나는 한 달전부터 잡은 송년회 못 가고, 팀장님은 프로젝트 마치고 애들이랑 눈썰매장 가기로 했던 날이었거든. 한 달전부터 약속했는데 당일에 못 간다니까 애들이 하도울어서, 그날 아침에 옆집에서 무슨 일 있느냐고 찾아왔다고 했었잖아. 사보랑 소식지 만들면서 별것도 아닌 사내 사정 가지고 긴급이니 비상이니 난리 치는 거많이 겪었지만, 그때 비상 걸린 건 진짜 헛웃음밖에 안나오는 이유 때문이었지.

파벌? 아니야, 무슨. 그런 거국적인 이유가 아니라그때 나올 책자의 주인공, 그 왕 회장이라는 인간 성질

머리 때문이었잖아. 왼팔이었던 이사가 왕 회장한테 주니어 문제로 직언을 해가지고 찍혔거든. 말이 나와서 말이지만 주니어라는 사람도 그때 벌써 50대였는데 주니어는 개뿔. 암튼 왕 회장이 한번 눈 밖에 나면 아예 투명 인간 취급하는 사람이었다고 그랬던 건 기억하지?

하필이면 그때 우리가 만들던 게 그 회사 문화 재단 설립 20주년 기념 책자였잖아. 그러니까 20년 치 사진을 뒤져서 왼팔이었던 이사는 안 나오고, 왕 회장이랑 오른팔이 딱 붙어서 잘 나온 사진을 골라서 새로 앉혀야 했었고.

그때 진짜 꼴 보기 싫었던 게, 옛날 소식지랑 앨범이랑 서류 봉투에 막 쑤셔 넣은 사진에 USB까지 가지고 와서 말로만 미안하다고 하는 대표였어. 말만 그렇지, 그 건으로 왕 회장 직접 알현했다고 되게 신난 게 보였잖아. 이 건만 왕 회장 마음에 들게 마무리하면 앞으로는 일이 더 늘 거라는 둥, 그러면 정말 넷이서 제주도에 워크숍을 가자는 둥.

그래, 점심으로 중국 음식 세트 시켜 주고는 〈오늘따라 왜 이렇게 맛있냐? 이 집이 원래 이렇게 잘했었

나?〉계속 그랬지. 맛있기는, 면 다 불어서 왔는데. 팀
장님도 먹는 둥 마는 둥 그랬잖아. 근데 제일 빡쳤던
건 따로 있었어.

맞아, 레드불! 우리는 사무실에 잡아 두고 혼자 갈
거면 조용히나 갈 것이지, 다시 와서 음료수랍시고 책
상에 레드불을 놓고 갔잖아. 몇 시까지 하고 가라는 거
야, 정말. 멕이는 건가 싶었어. 팀장님이 손도 안 대다
가 3시쯤이었나? 음료수 사러 가자고 해서 나왔잖아.
카페인 들었는데 달달한 거 마시자고 의기투합했는
데, 항상 가던 카페는 그날 안 해서 그냥 편의점에 갔
잖아. 그때 온장고 안에 2+1로 파는 음료 중에 데자와
가 눈에 딱 띄었고. 그게 은근 모범생들이 즐기는 음료
였다며? 팀장님도 대학 때 도서관에서 즐겨 마셨다고
해서 성분표 봤더니 진짜 카페인이 셌어. 달달해 가지
고 그런 줄은 몰랐는데.

먼지 풀풀 나는 사진 뒤지면서 데자와를 마시는데
되게 묘했던 거 같아. 연한 것 같으면서도 달고, 엄청
맛있는 건 아니지만 그래서 홀짝이기 좋고. 팀장님은
어쩨 대학 시절에 마시던 거보다 더 연해진 것 같다고
그랬었지. 그러다가 밀크티 얘기가 나왔고.

난 그때 솔직히 좀 놀랐어. 희영 씨가 밀크티 하면 떠오르는 나라가 태국이라고 했잖아. 제대로 된 밀크티를 태국에서 처음 마셔 봤다면서. 실은 첫 해외여행지가 태국이라 더 각별하다고, 30대 안에 치앙마이에 가서 한 달쯤 살아 보고 싶다는 얘기도 그때 처음 했었고.

난 사실 태국에 한 번도 안 가봐서 그때 치앙마이가 그렇게 좋으냐고 물어보고 싶었는데, 갑자기 팀장님이 그렇게 열을 올릴 줄이야. 밍밍한 밀크티 하면 영국, 팔팔 끓인 진한 거는 인도, 달달한 밀크티 하면 당연히 대만이 떠오르는 거 아니냐고 그랬지. 대만에는 밀크티 종류도 엄청 많다면서. 희영 씨한테 태국이 첫 해외여행지라면, 팀장님은 제일 여러 번 가본 나라가 대만이라고 했었는데. 여섯 번이었나 일곱 번? 그쯤이었어.

그렇다면 난 홍콩에서 마신 밀크티가 최고였다고 해서 팀장님이 또 놀랐었잖아. 〈민주 씨, 진심이야?〉 그러는데 얼마나 진지해 보이던지. 나는 홍콩 여행 가서 마신 밀크티를 지금도 못 잊어. 홍콩이 바 호핑을 하기에 좋거든.

응? 아니, 바에서 밀크티를 파는 건 아니고. 하긴 찾아보면 파는 데가 있는지도 모르겠지만. 내 경우는 여행 마지막 밤에 말이야, 분명히 번화가에 있는데 뭐랄까, 새벽의 호숫가에 서 있는 기분이랄까? 그 네온 간판들 분위기 알잖아. 그렇게 부옇고 습한 밤에 그냥 들어가기 아쉬워서 바를 몇 군데 돌면서 칵테일을 진탕 마시고 이튿날에 일어났더니 속이 울렁거리는 거야. 원래 가려던 조식당 방문도 포기하고 체크아웃 직전까지 더 자고 일어났거든. 그러고 호텔에서 나오자마자 밀크티를 사 마셨는데…… 말도 마, 꿀떡꿀떡 넘어가서 두 모금에 끝냈어. 좀 살 것 같더라고. 와, 그 맛은 평생 못 잊을 거야.

그래, 나도 당장 한 잔 마시고 싶다. 차가운 것도 좋고, 따듯한 것도 좋고. 근데 희영 씨, 그런 생각 해본 적 없어? 그때만 해도 밀크티 전문 체인점이 한두 군데밖에 없었으니까 우리가 그날 얘기한 걸로 진짜 의기투합해서 밀크티 전문점을 냈으면 괜찮았을지도 모른다는 생각 말이야. 사실 우리 그날 밤에 사진 새로 없으면서 장난 삼아 브랜드 이름도 지어 봤었잖아.

「세 여자가 대만식, 태국식, 홍콩식을 아우르는 브

랜드를 만든다 치고 〈밀크티 삼국지〉 어떠니?」

팀장님이 그랬을 때 나는 그냥 웃고만 있었는데 희영 씨가 칼같이 〈구려요〉 그랬지.

「어머, 직언 나왔다! 희영 씨, 조심해. 왼팔이 가차없이 내쳐진 이런 시국에.」 내가 얼른 덧붙였고.

희영 씨 진짜 아닌 건 그냥 안 넘어가잖아. 그럴 때마다 내가 겉으로는 눈치 보면서 말리는 척했지만 속으로 얼마나 물개 박수를 쳤다고. 그때 희영 씨가 서류 봉투에 든 사진을 꺼내면서 얘기했던 게 〈토요일의 밀크티〉였어. 난 괜찮은 거 같았는데 팀장님이 평일에는 장사가 안될 것 같다고 했잖아. 그래서 그다음으로 내가 냈던 이름 기억나?

아니야, 〈밀크티 연합〉이 아니고 〈밀크티 동맹〉이었어. 그래, 그때도 희영 씨 반응은 지금처럼 애매했지. 팀장님은 〈동맹이라니 뭘 타도하려고 그러니? 저기 있는 레드불? 레드불 던져 놓고 간 대표?〉 하고 웃었고. 나도 호기롭게 〈기왕 목표를 두려면 왕 회장까지는 생각해 봐야지요〉 그랬었는데.

그러고 몇 년 있다가 밀크티 붐이 일었지. 흑당 밀크티 체인점 앞에 사람들이 줄 서고, 그런 가게들이 동네

마다 막 생겼잖아. 그 모습을 보는데 나 괜히 속이 쓰리더라. 그저 주말에 출근해서 몇 시간 동안 떠들었던 게 다지만 뭐랄까, 스타트업이 멀리 있는 게 아니었을지도 모른다는 생각이 들었다고 할까. 그때 우리 셋이 회사 그만두고 뭉쳐서 밀크티 전문점을 냈다면 정말 돈 좀 벌지 않았을까? 몇십 년 뒤에는 팀장님이 왕 회장님이 되고 우리가 왼팔, 오른팔이 될 수도 있었을까? 그런 생각이 들고 그랬거든. 팀장님은 최소한 부하 직원이 직언한 거 가지고 급발진해서 투명 인간 취급하느라 애먼 사람들 주말에 출근시키고 그러지도 않을 거고 말이야.

그래서 가끔 잊을 만하면 한 번씩 검색을 해봤어.

어머, 뭐긴 뭐겠어. 우리가 말한 이름으로 누가 그새 가게 연 거 아닐까 해서 〈밀크티 삼국지〉, 〈토요일의 밀크티〉, 〈밀크티 동맹〉을 검색해 본 거지. 별 결과가 안 나오면 〈그래, 다른 사람들도 발견하고 쓸 만큼 매력적인 이름은 아니었구나〉 싶기도 하고, 아직 기회가 있는 것 같아서 괜히 두근대기도 했어. 그랬는데 엊그제 검색을 했더니 세상에, 〈밀크티 동맹〉을 찾았을 때 전혀 예상치 못한 내용이 나오는 거야. 뉴스가 막 줄줄이 달려 나오고.

그걸 보는데 퍼뜩 희영 씨 생각이 나더라. 혹시 지금 희영 씨가 태국에 가 있는 거 아닌가, 치앙마이는 안전한가 하고. 그러고 보니 올해는 못 떠났겠다 싶었지. 2020년에 외국에서 한 달 살기 가능한 사람이 있을 리가 없잖아.

응, 희영 씨도 검색해 봤구나. 놀랐지? 나도 요새 한동안 뉴스를 못 봐서 태국에서 그런 일이 벌어지고 있는 줄 몰랐지 뭐야. 그러니까 희영 씨, 언제라도 치앙마이로 떠나기 전에는 꼭 살펴보라고. 떠나기 좋은 시점인지, 지금 가도 안전할지 알아야 하니까. 거기 사는 사람들은 과연 안전한지, 용케 버티고 있는지, 그 사람들이 간절히 원하던 거를 조금이나마 손에 넣었는지도 알아 둬야 하니까. 그래, 그 얘기 하려고 건 거야. 더 자세한 얘기는 나중에 만나서 하자.

응, 나도 기다릴게. 마스크 벗고 만날 수 있는 날!

희영은 이듬해 초여름이 되어서야 민주와 만났다. 그날 민주는 선물로 홍차 티백이 담긴 상자를 건넸다. 짙은 녹색 배경 위로 잘 익은 딸기가 그려진 것이었다.「이름이 멋있지? 실론티를 베이스로 한 거라 우유랑 잘 어울려서 밀크티로 마시기도 좋대.」희영은 고개를 끄덕였다. 〈스트로베리 센세이션.〉근사한 차의 이름을 되뇌자 어디에선가 당장이라도 센세이션한 일이 일어날 것만 같은 기분이 들었다.

딘킈횡담면 갸가둘둘됴

「아아, 딩키!」

진행자의 탄식은 비명처럼 날카로웠다. 그 목소리에 졸다 깬 미주는 볼륨을 줄이고 싶었지만, 만원 지하철 속 새까만 패딩 점퍼를 입은 등과 어깨 사이에 바짝 끼어 있어서 양팔 어느 쪽도 움직일 수 없었다. 다음 역에서 내리는 것을 다행으로 여길 뿐이었다.

「유학 생활 위주로 말씀드렸어야 하는데, 제가 너무 우울한 얘기만 했죠.」

「괜찮아요, 딩키 님. 교훈이 있었잖아요. 오늘 방송의 의의는 그거죠. 여러분 주변의⋯⋯.」

공덕역에 도착하여 역사를 빠져나가는 동안에 딩키가 마지막 인사를 했다. 엷은 쇳소리가 밴 차분한 톤에

미세하게 떨리는 음성이 어쩐지 낯설지 않다는 점에 미주는 신경이 쓰였다. 전에 알던 사람 중에 보스턴으로 유학을 떠난 사람이 있었던가? 힌트가 있을까 싶어 에피소드의 제목을 확인했지만 〈보스턴이 구한 사람 (feat. 딘킈횡담면 갸갸둘둂!)〉이라는 문구는 어떤 힌트도 돼주지 못했다. 미주는 궁금증을 안은 채 사무실 안으로 들어갔다.

그날 오전에 옆자리에서 짜증 섞인 한숨 소리가 들려올 때마다 미주는 딩키를 떠올렸다. 아무래도 아는 사람 같은데, 하면서. 새삼 팀장이 한숨을 자주 쉰다는 생각도 했다. 미주가 만든 카드 뉴스를 확인한 뒤에도 팀장은 잔뜩 찌푸린 얼굴로 한숨을 쉬었고, 〈선택과 집중〉이라는 가치 구현에 관한 일장 연설이 이어졌다. 이후 미주는 그야말로 업무에 집중해야 했는데, 저녁 약속을 위해서 무슨 일이 있어도 7시 전에는 퇴근해야 했기 때문이었다. 그리하여 카드 뉴스를 수정하고, SNS 이벤트를 위한 경품의 견적을 내고, 회사의 공식 블로그를 갱신하고, 마감 직전의 우체국에 뛰어 갔다오는 동안에는 딩키를 떠올릴 여유가 없었다.

약속 시간을 15분 넘겨서 도착한 미주에게 상희는

대표와 팀장의 안부부터 물었다. 〈둘 다 여전하지?〉라는 질문 한마디에 미주는 식전 빵이 식을 때까지 하소연을 쏟아 냈다.

「하여튼 근본도 뭣도 없는 회사야. 답이 없어.」상희가 명란크림소스에 빵을 푹푹 찍으며 말했다. 「올해도 네 밑으로 인턴 안 뽑아 줄 거야. 나처럼 손 털고 나와.」

「맞아요, 언니. 저도 올해는 진짜 나갈 거예요.」

지난해까지 동료였던 상희와 지금껏 수도 없이 반복한 대화의 패턴이었다. 말은 그렇게 했지만 미주는 실제로 이직을 감행할 엄두를 내지 못했다. 바이럴 마케팅과 잡무로 점철된 경력으로 중견 기업이나 대기업의 문을 두드리는 것은 무의미한 도전이었고, 현 직장과 비슷한 규모의 스타트업으로 이직하면 더 나아질 게 없었다. 그랬다가는 강남까지 가느라 출퇴근하는 시간만 늘어날 게 뻔했다. 그런가 하면 전도유망한 소수의 스타트업에서 활약하는 마케터들은 자신과는 근본적으로 달랐다. 차이가 나는 것은 스펙뿐만이 아니었다. 열정이라고도 독기라고도 부를 수 있는 그 어떤 것, 품고 있는 에너지의 체급 자체가 달라 보였다.

그 점은 스쳐 지나가기만 해도 느껴졌다. 출근길에라도 영어 공부를 하자고 마음먹고는 고작 팟캐스트로 남의 유학 생활기나 듣다 잠드는 자신은 무슨 수를 써도 그들을 상대할 수 없을 것 같았다.

「알지, 알아. 기계로 치면 배터리가 다르다 이거지? 야, 근데 슈퍼 배터리도 한 10년 끌어다 쓰면 닳더라. 너 브랜드 마케터 K 알지?」

「그럼요. 저 그 사람 책도 가지고 있어요.」

상희는 휴대 전화를 들더니 반으로 자른 앙버터가 담긴 사진을 보여 주었다. 미주가 동경하던 K가 업계를 떠나서 잠실역 근방에 베이커리 카페를 차렸다는 것이었다. 뜻밖의 소식에 미주는 고작 빵 맛이 어떠하냐는 맥 빠진 질문을 던질 뿐이었다.

「그냥 그래. 사진은 잘 나오게 꾸며 놨는데 버터를 좋은 걸 안 쓰더라고.」

집으로 돌아가는 길에 K가 차린 카페의 SNS를 엿보며 미주는 묘한 안도감과 자기혐오 속에 한숨을 내쉬었다. 그 순간 떠오른 것이 오후 내내 잊고 있었던 딩키의 존재였다.

출근길에 졸다가 놓쳤던 방송을 다시 처음부터 재

생하자, 보스턴의 7년 차 유학생이 꾸리는 팟캐스트의 초대 손님으로 등장한 딩키가 인사를 건넸다. 분명히 아는 사람인데, 하고 미주는 재차 확신했다. 진행자는 〈닉네임이 딘킈횡담면 갸갸둘둘됴가 뭐예요〉 하고 웃더니 줄여서 〈딩키〉로 부르겠다고 말했다.

「딩키 님, 어렸을 때 주변에 소문난 엄친딸이셨다면서요?」

「네. 저희 부모님이 열심히 소문을 내고 다니셨거든요.」딩키가 웃음을 터뜨렸다.

딩키는 어릴 적에 외운 것 중에 지금도 기억하는 단어들을 줄줄 읊었다. 퀴리 부인의 본래 이름인 〈마리아 살로메아 스크워도프스카〉, 현존하는 조선 전기의 한글 금속 활자인 〈딘킈횡담면 갸갸둘둘됴〉. 비상한 기억력에 손뼉 치는 진행자에게 딩키는 감탄할 일이 아니라고 말했다. 자신은 머리가 좋은 게 아니라 단지 활자 중독에 책 덕후 기질이 있었고, 어른들에게 칭찬받는 게 좋아서 책에서 본 어려운 말을 반복해 외운 것뿐이라면서. 반에서 1등을 도맡아 한 것은 초등학교 2학년 때까지이고 이후로는 성적이 떨어졌다고도 덧붙였다.

그런데도 외동딸이 수재라는 부모님의 믿음이 굳건했던 것이 비극이었다. 딩키는 학창 시절 내내 부모님의 기대에 턱없이 모자란 자신을 받아들이지 못해 방황했다. 대학은 명문대의 지방 캠퍼스를 택했고, 본교가 아니라는 점을 들킬까 봐 동창 중 누구와도 연락하지 않고 지냈다고도 말했다. 「아이고, 우리 딩키 님.」 진행자는 흐느끼다시피 했다.

그럼 동창인 걸까. 고등학교 동창들의 얼굴을 떠올리며 미주는 지하철에서 내렸다. 대학 시절에도 이어진 딩키의 시련은 유학 생활 중에 우울증과 불면증을 앓으며 정점을 맞이했다. 그럼에도 딩키는 이제 많이 나아졌다고, 요새는 마음이 편하다고 했다. 어쨌든 모르는 사람으로 가득한 곳, 원치 않는 거짓말을 할 필요가 없는 곳에서 다시 시작할 수 있게 된 게 자신을 살렸다면서.

미주는 엄마에게 저녁은 먹고 왔다고 말한 뒤 곧장 자기 방으로 들어갔다. 딩키의 목소리에 온 신경을 집중했지만 결국 미주의 궁금증을 해소해 준 것은 진행자의 마지막 멘트였다.

「오늘 방송의 의의는 그거죠. 여러분 주변의 엄마

친구 아들이나 딸들의 그 화려한 스펙이 진실이 아닐 수도 있습니다. 유니콘 같았던 엄친아, 엄친딸이 허깨비일 수가 있어요.」

허깨비 같은 엄마 친구의 딸.

미주는 그 말에 뒤통수를 가격당한 듯 자리에서 벌떡 일어나 방 밖으로 나갔다. 엄마는 연속극을 시청하며 빨래를 개고 있었고, 그 모습은 언젠가 성적표를 내밀었을 때 개고 있던 수건을 자신의 얼굴에 집어 던진 일을 떠올리게 했다.

「소영이는 이번에 또 1등 했다더라. 넌 어떻게 갈수록 더 떨어져!」

노기 띤 음성과 함께 날아든 거슬거슬한 촉감. 천으로 따귀를 맞은 듯한 충격으로 인해 고개만 숙이고 있자, 소파에 모로 누워 있던 아빠가 몸을 일으키더니 뭘 잘했다고 묵비권 행사냐며 이마에 꿀밤을 먹였다. 그러고는 괜히 악쓰며 역정 낼 필요 없다고 엄마를 어르더니 다음 시험에서 몇 점을 받아 올 것인지 미주 스스로 약속하게 하라고 했다.

「몇 점인지 목표를 네 입으로 얘기해 봐. 그거 못 지키면 몇 대 맞을 건지도 네가 직접 정하고.」

아빠는 그런 말을 한번 뱉고 나면 반드시 지키는 사람이었다. 그래서 몇 점에 몇 대라고 말하는 게 최선일지 고민하는 동안 미주는 관자놀이가 욱신거리고 속이 다 쓰렸다. 지금 와서는 당시에 대답한 내용이 떠오르지 않았다. 다만 그 기말고사 결과가 나왔을 때 벌어진 일은 잊을 수 없었다. 사태가 그 지경에 이른 것은 성적 때문만은 아니었다. 결국 부모에게 목표로 고한 성적을 받지 못해 겁에 질린 미주가 반 친구들에게 배운 대로 컬러 프린터를 동원해 성적표를 위조한 게 발각된 탓이었다. 아빠는 거짓말만큼은 절대 용서할 수 없다고 씩씩대며 매를 들었다. 미주가 아무리 울며 빌어도 체벌이 계속된 탓에 종내에는 엄마가 우격다짐 끝에 아빠의 손에서 회초리를 뺏어 들고서야 사태가 일단락되었다.

「거기는 싹 네 거니까 가져가면 돼.」엄마가 차곡차곡 갠 미주의 옷을 가리키며 말했다. 「아까 말이야, 홈쇼핑 보는데 요새 부츠가 아주 잘 나오더라.」

「엄마, 부츠 필요해?」

「아니, 너 신기려고 그러지. 안에 싹 털이라 따뜻한데 겉은 점잖게 생겨서 회사 갈 때도 신기 좋대. 까만

색도 좋고, 밤색도 괜찮던데.」

「아무거나 신으면 돼. 뭐 대단한 회사라고.」 미주가
자기 옷을 무릎 위에 올리며 한숨을 쉬었다.

「웬 한숨이야. 아이고, 이런 불경기에 그래도 매일
나가서 일할 데가 있는 게 얼마나 다행이니.」

엄마는 비슷한 제품을 또 팔지 모른다며 리모컨을
들었다. 그런 엄마의 옆모습을 보며 미주는 엄마의 뺨
에 언제 이렇게 기미가 늘었나 싶어 놀랐다. 분명 매일
마주하는 얼굴인데 언제 그런 변화가 생겼는지 모를
일이었다.

「부츠는 진짜 없어도 되니까 엄마 선크림이나 좋은
거로 하나 사. 그런데 엄마, 윤자 아주머니랑 요새도
연락해?」

「누구? 윤자?」 엄마가 고개를 갸웃했다. 「몰라. 걔네
이사하고 나서는 통 소식을 모르지.」

「그럼 윤자 아주머니 딸 소영이가 어떻게 사는 줄도
모르겠네.」

「걔야 잘 살겠지. 어릴 때부터 뭐 하나 빠지는 게 없
는 앤데.」

그래, 그렇게 알려진 바람에 내가 어릴 때 얼마나 비

교당하고 스트레스를 받았었는데. 미주가 헛웃음을
지었다.

　「왜, 소영이 소식 들었어? 걔는 결혼했다니? 애는?」

　「바로 또 그게 궁금해? 몰라, 그건.」

　미주는 통명스럽게 대답한 후에 〈이제 좀 살겠대.
많이 편해졌대〉라고 중얼거렸다. 엄마가 다시금 소영
의 안부를 캐물었으나 미주는 퇴근길에 알게 된 사실
에 관해서는 함구할 작정이었다. 그것은 물론 딩키를
위한 선택이었지만, 딩키만을 위한 일이 아니기도
했다.

인생 최초의 팟캐스트 녹음은 즐거웠지만 엄청난 긴장감을 동반했다. 녹음을 마치자마자 딩키는 이마에 밴 땀을 닦으며 기억 상실에 걸린 것 같다고 중얼거렸다. 한 시간 반 동안 자신이 무슨 이야기를 했는지조차 거의 기억나지 않았던 것이다. 진행자는 자기도 처음에는 그랬다며 웃었다. 「대신 오늘 밤에는 긴장이 확 풀려서 아마 꿀잠 주무실걸요.」진행자는 그렇게 말했고, 실제로 그날 밤에 딩키는 아주 오랜만에 숙면을 취할 수 있었다.

이번 주말에 뭐 할까

「이게 벌써 5년도 더 된 일이라니.」

소파의 팔걸이에 구부정하게 등을 기대고 앉은 성운이 재미있는 사진을 발견했다며 마주 앉은 민주에게 휴대 전화를 건넸다.

화면 속의 민주는 알록달록한 법랑 컵을 들고서 캠핑 의자에 걸터앉아 있었다. 「앳되다, 앳돼.」 아직 20대였던 자신의 모습을 보자 민주의 입에서는 절로 그런 말이 나왔다. 다음 사진은 민주와 성운이 함께 찍힌 것이었다. 성운 역시 생기가 넘쳐 보였다. 지금보다 상당히 날씬하기도 했다.

「비가 안 왔으면 사진 더 많이 찍었을 텐데.」

「우중 캠핑도 나름 괜찮지 않았어?」 성운이 접고 있

던 오른쪽 다리를 민주의 허벅지 위에 올리며 물었다.

민주는 그랬다고 덤덤하게 동의하며 휴대 전화를 돌려주었지만, 실은 나름 괜찮았던 정도가 아니었다.

성인이 된 이후 처음으로 떠나는 캠핑을 맞이하여 반차를 쓰고 성운의 차에 올랐던 금요일 오후부터 민주는 날아오를 듯한 기분이었다. 빗방울이 한 방울씩 떨어지기 시작하던 시점에는 잠시 긴장했지만, 타프 아래로 들어가자 문제 될 게 없었다. 촉촉하게 물기를 머금은 숲에서 민주는 이따금씩 의식적으로 깊이 숨을 들이쉬어 보았다. 나무 냄새와 풀 내음이 농밀해지는 동안 묽게 번져 있던 어둠도 짙어졌다. 비 예보 때문인지 가까운 사이트가 비어 있었으므로 깜깜한 숲속에 성운과 단둘이 남아 있는 것만 같았고, 그와 나누는 이야기 한마디 한마디가 애틋하게 다가왔다. 서늘한 공기를 누그러뜨리는 화롯불로 만든 음식들도 하나같이 평소보다 몇 배는 맛이 좋았다. 나지막한 볼륨으로 흘러나오는 빌리 홀리데이의 목소리에 풀벌레 우는 소리가 섞여 들었다.

한창 서로에 대해 알아 가던 참이었으므로 민주는 그 밤에 자칫 대화 소재가 고갈되어 어색할까 봐 노트

북에 영화를 몇 편이나 담아 가지고 갔다. 하지만 텐트에 들어가기 전부터 괜한 염려였다는 사실을 알게 되었다. 앉아서도 누워서도 서로에게 하고 싶은 질문이 끝없이 이어졌던 것이다. 성운은 민주가 묻는 것이라면 어느 것이나 성실하게 대답해 주었다. 이야기 속에 드문드문 고개를 내밀고 있는 유머 코드 또한 자신이 즐기는 방식과 꼭 같은 형태라는 사실이 반갑고도 각별했다. 그 밤에 민주는 이 사람이라면 오래도록 관계를 지속할 수 있으리라고 직감했다.

이후로 5년 넘게 함께하면서 두 사람은 숱한 주말을 같이 보냈다.

오토캠핑과 글램핑을 두루 거친 후에는 휴양림 안에 들어선 통나무집에도 가보았다. 강릉을 시작으로 부산, 춘천, 군산, 통영, 광주와 봉화 마을을 여행했으며 제주도는 매해 찾았다. 처음에는 다른 지역으로 떠나는 주말의 금요일에 성운이 민주의 집으로 퇴근하여 이튿날 아침에 함께 출발하는 식이었는데, 몇 달 지나지 않아 여행 계획 없이도 주말은 민주의 집에서 함께 보내는 일에 익숙해졌다. 그러자 금세 그 동네 멀티플렉스 영화관의 VIP 회원이 되었다. 영화관 나들이에 질렸을 때쯤 미술관으로 눈을 돌렸는데, 어느 대형 전시에서 방학을 맞은 초등학생들에게 치이며 성운은 아이들을 마냥 귀여워하고, 민주는 소란스러움에 질색하는 기색을 숨기지 못한다는 점을 알게 되어 서로 당황하기도 했다. 할인 이벤트를 꼼꼼히 따져 연극과 뮤지컬을 관람하는 데 열을 올린 시기도 있었다. 상추튀김에서 랍스터 뷔페까지 다양한 가격대의 맛집을 순회했으며, 공원을 걷고 테니스를 치고 자전거를 탔다. 공통의 지인이 하나둘씩 늘어나자 결혼식과 집들이에 나란히 참석하는 일도 잦아졌다. 돌아오는 길에는 결혼관에 대한 이야기를 나누었지만 접점을 찾지는 못했다.

한동안은 시간이 날 때마다 함께 광화문으로 향했다. 두 사람은 정치 성향이 대체로 맞는다는 데 안심하면서도 초를 챙기는 일은 나란히 잊곤 해서, 민주의 집에는 LED 초만 열 개가 넘게 모였다. 덕분에 크리스마스 시즌이 오면 그 초들을 창가에 일렬로 세워 놓고 분위기를 냈다. 새해 첫 일출을 보기 위해 정동진에 다녀온 다음에는 함께 거시 경제 관련 다큐멘터리를 시청한 뒤 각자의 소비와 지출을 점검하고, 외식을 반으로 줄이기로 합의했다. 미리 품목을 정하여 장을 보고 와서 손만둣국, 누룽지삼계탕, 새우미나리전, 월남쌈, 연어장에 차례차례 도전했는데 무엇 때문인지 이유를 알지 못한 채 나란히 배탈이 나기도 해서 요리를 하는 것도 시들해졌다.

그러고 나자 더는 주말에 함께해 보고 싶은 일이 떠오르지 않았다.

반짝이는 크리스마스트리가 거리 곳곳을 수놓은 한 해의 마지막 주 토요일 오후에 소파의 양쪽 끝에 모로 눕듯 비딱한 자세로 마주 앉아서 각자의 휴대 전화를 들여다보고 있는 이유가 바로 거기에 있었다. 한쪽 다리가 저려 오기 시작한 민주가 자세를 살짝 틀자, 성운은 종아리를 자기 허벅지 위로 뻗으라는 듯 끙 소리를 내며 자세를 바꾸었다. 서로를 위해 자세를 바꾸는 데 입을 뻥긋할 필요조차 없었다. 민주는 두 다리를 성운의 몸 위로 올리며 편안하다는 생각을 했다. 이런 순간이면 어디까지가 자기 몸이고 어디까지가 그의 몸인지 구분 선이 흐릿해지는 느낌마저 들었다.

「표정이 왜 그렇게 심각해?」 성운은 그렇게 묻더니 맥주를 가지러 간다며 일어났으므로 민주는 자신도 마시겠다고 말했다.

민주가 평소보다 조금 빠른 속도로 잔을 비우자 성운은 다시 한번 민주의 눈치를 살폈다.

「집에만 있으니까 답답하구나?」 성운이 창 너머로 시선을 던지더니 물었다. 「지금이라도 나갈까? 어디 가고 싶은 데 있어?」

「글쎄…….」

「그치? 나도 춥고 귀찮아.」 성운이 가볍게 트림을 한 후 말을 이었다. 「근데 이런 상황은 로맨스물에서 많이 본 것 같다. 여자 주인공이 너처럼 그런 얼굴을 하고는 〈이건 내가 진정으로 원하던 삶이 아니야!〉 하면서 갈팡질팡하면 기다렸다는 듯이 다른 남자가 들이대잖아. 그래도 보통 그 남자하고는 안 되고 원래 남주한테 돌아가면서 진정한 사랑을 깨닫게 되지.」

민주는 웃음이 새어 나오는 것을 참지 못했다. 「드라마 설정이 좀 올드하지 않니.」

「안 올드한 미드나 영드 설정은 감당 못 할 텐데? 보통 주인공 눈빛이 묘해진다 싶으면 몰래 약 빨거나 파트너한테 스리섬 제안한다니까.」 성운이 익살스러운 표정을 지으며 웃더니 〈그거 아니면 우리한테 남은 거는 딱 하나네〉하며 맥주가 든 잔을 내려놓았다. 「이제 더 할 것도 없는데, 결혼할래?」

「1초 전에 스리섬에 마약 얘기 하다가 할 소리냐?」

「진지하게 하라시면 못 할 건 없지.」 성운은 소파에서 벌떡 일어나더니 바닥에 무릎을 꿇고 앉았다. 「결혼합시다. 할 때도 됐지 뭐.」

민주는 그가 먼저 농담이라고 말할 수 있도록 시간을 끌면서 일단 이 상황을 장난으로 넘길 방도를 떠올려 보려 했다. 그러다 그의 정수리 부근을 가볍게 쓰다듬는 방식을 택했다.

「너 이러고 있으니까 은근 골든레트리버 같다. 어릴 때 내 동생 소원이 골댕이 키워 보는 거였는데.」

「아, 진짜! 결혼 얘기만 나오면 이러더라. 결혼해서 더 행복해지자는 게 그렇게 싫어? 프러포즈하는데 갑자기 무슨 개 얘기야!」

성운이 투덜대며 다시 소파 위에 드러누웠다. 그와 동시에 휴대 전화를 도로 집어 들었으므로 민주는 그가 상처를 받았을까 봐 걱정할 필요를 느끼지는 않았다. 이제 곧 오후 5시였다. 해가 저물기 전에 외출하려면 당장 준비를 해야 할 터였다. 그러나 민주는 정말이지 성운과 함께하고 싶은 일이 아무것도 생각나지 않았다. 그의 입에서 나온 〈행복〉이라는 단어가 부풀어 올라 머릿속을 가득 채우고 있는 탓인지도 몰랐다.

결혼해서 더 행복해지자고 성운은 말했다. 실제로 두 사람이 결혼을 약속하면 단숨에 행복해질 사람들이 여럿이었다. 민주의 부모님은 말할 것도 없었다. 아흔이 가까워진 외할머니와 여든을 넘긴 할머니도 부모님 이상으로 기뻐하실 것이었다. 제천에서 홀로 사신다는 성운의 어머니, 아버지와 새어머니 그리고 그분들의 부모까지 더하면 둘의 결혼으로 행복해질 인원은 열 명을 훌쩍 넘겼다.

자신의 결정으로 단번에 그처럼 여러 사람에게 행복을 선사할 수 있다는 사실은 때때로 엄청난 힘을 가지고 민주를 압박했다. 네 삶을 얼마나 대단한 모습으로 꾸리고 있기에 그 많은 사람의 행복을 가로막은 채 버티고 섰느냐는 질문이 목을 죄어 오는 순간이 해를 넘길수록 잦아졌다. 더없이 부당한 질문이라는 점을 모르지 않았지만, 그럴듯한 대답을 가지고 있지 않다는 점 또한 분명했다. 그러나 민주는 어릴 적부터 결혼이라는 제도에 회의적이었고 주변에 기혼자가 늘어나면서 조금씩 더 냉담해졌다. 그들이 전하는 이야기 안에 담긴 크고 작은 불편과 불합리와 불행이 경고 등처럼 깜빡거리며 민주와 눈을 맞추었던 것이다. 그 점에 대해 성운과 이야기를 나눠 본 적도 있었지만, 그에게서 돌아오는 반응은 대체로 〈네가 너무 부정적으로만 생각하는 거 같은데〉라는 것이었다.

「이 사진도 봐봐. 발리가 신혼여행 가기에 그렇게 좋대.」 성운이 다시금 휴대 전화를 건네더니 민주의 종아리를 마사지하기 시작했다.

민주의 입에서 얕은 신음이 비어져 나왔다. 마사지 건을 써본 적도 있었지만, 성운이 직접 주무르고 문질러 주는 것과는 비교할 수가 없었다. 민주는 능숙한 손길로 자신의 몸을 어루만지는 그를 바라보며 생각에 잠겼다. 어떻게 하면 그와 쌓아 올린 친밀감과 깜빡이며 자신을 멈춰 세우는 경고 등의 존재를 이어 볼 수 있을지, 혹은 영영 이을 방도가 없을지 알고 싶었다. 그 점에 대해 다시 한번 골똘히 따져 보는 것, 한 해의 마지막 주말에 해야 할 일은 바로 그것인 것 같았다.

민주가 처음으로 구입한 엘피판은 우중 캠핑 때 들었던 빌리 홀리데이의 「솔리튜드」 앨범이었다. 한정판으로 재발매된 레코드는 새파란 색을 띠고 있었다. 커버는 1956년에 발매된 판과 같아서 얇은 커튼이 드리워진 창가에 기대선 여자의 옆얼굴이 담겨 있었다. 그 얼굴은 누군가를 애타게 기다리고 있는 모습으로도, 이미 떠나보낸 이를 떠올리며 애달파하는 모습으로도 보인다고 민주는 생각했다.

결말 닫는 사람들

    사진은 촬영하지 않는 인터뷰라고 했으니 옷에 신경을 쓸 필요는 없었다. 그런데도 옷 방 안에서 머뭇거리며 고민하게 되는 것은 알록달록한 옷을 즐기는 취향 탓이었다. 내가 고른 옷들은 활력과 즐거움을 주었지만 오늘처럼 일 관계로, 게다가 처음으로 대면하는 자리에 나설 때만큼은 선뜻 손이 가지 않았다. 룸메이트인 반디는 거실 겸 주방의 테이블에 앉아서 내 쪽으로 시선을 던지더니 〈재킷 빌려줄까?〉 하고 물었다.

    「괜찮아. 사진도 안 찍는다는데 편하게 입지 뭐.」

    나는 찢어진 청바지를 집어 들었다. 그 위로 고양이가 병나발을 부는 큼지막한 일러스트가 가득한 셔츠를 입고 나오자 커피를 마시고 있던 반디가 이상하다고 중얼거렸다.

「좀 특이한 거 같아. 무크지 창간호에 들어가는 기사에 사진 한 장 없이 인터뷰하는 건 그렇다 치더라도 날짜를 굳이 일요일 오전에 잡는 게 말이야. 일정이 엄청 빡빡한가 봐.」

「아니면 또 모르지. 벌써 그분들의 호출을 받은 건지도.」

「설마! 그 사람들 만나면 다들 슬럼프 온다며.」

「슬럼프가 오는지 안 오는지, 제가 직접 한번 확인해 보겠습니다!」

너스레를 떨면서 반디가 마시고 있던 커피를 한 모금 얻어 마신 뒤 집을 나서는데 아랫배 쪽으로 싸한 기운이 퍼졌다. 약속 장소 앞에 다다랐을 때쯤에는 불길한 예감이 이미 확신으로 바뀐 상태였다. 어째서 눈치채지 못했던 것일까. 반디 말대로 일정 자체에 의심할 만한 구석이 있었건만. 인터뷰 경험이 많지 않아서 그랬다는 것은 변명거리가 되지 못했다. 올해 초에 장편소설 계약을 파기하고 고향인 전남의 어느 작은 섬마을로 돌아간 T 씨가 경고해 준 일도 있었으니 더 조심했어야 했다.

「뭔가 좀 수상하다 싶은 자리에는 아예 나가지 마세요. 결말 닫는 사람들을 만나지 않도록. 제 말 명심하세요.」

T 씨에게 급히 전화를 걸어 보았지만 통화 중이었다. 지금이라도 그 사람들을 피해 집으로 돌아가는 게 나을지, 아니면 약속을 잡아 놓고 바람맞히는 게 더 큰 위험을 초래할지 짐작할 수 없었다. 휴대 전화를 쥔 손이 미끈거리도록 땀이 나는 와중에 누군가 내 어깨를 부드럽게 건드리며 말했다.

「은모든 작가님?」

소스라치며 휴대 전화를 놓친 순간, 그들 중 여자 쪽은 괜찮으시냐며 내 팔목을 잡았고, 남자 쪽은 놀랄 만큼 민첩한 동작으로 공중에서 휴대 전화를 받아 냈다. 남자는 휴대 전화를 돌려주지 않은 채 〈일단 들어가시죠〉라며 카페의 문부터 열었다.

그들은 예약해 두었다며 카페의 안쪽에 마련된 미팅 룸으로 향했다. 그곳에 자리 잡고 음료를 주문하고 나서야 남자는 때가 되었다는 듯, 그러나 깜빡 잊고 있었다는 양 어색한 몸짓으로 휴대 전화를 돌려주었다.

나는 T 씨가 겪었다는 일을 좀 더 자세히 떠올려 보

려 애썼다. 지난겨울, 지독한 한파가 몰아치던 밤에 그녀가 만난 사람은 세 명이었는데 하나같이 살면서 다시 마주치고 싶지 않은 고압적인 인상이었다고 했다. 내 앞에는 두 사람이 앉아 있었다. 여자 쪽은 40대 후반 혹은 50대쯤으로 보였는데 T 씨가 전한 이야기 속에 등장했던 사람들과는 사뭇 다른 느낌이었다. 눈매가 부드럽고 컬이 들어간 짧은 단발머리가 잘 어울려서 세련되면서도 우아한 이미지였던 것이다. 남자는 굳게 다문 입매가 다소 성마른 느낌을 주었지만 은은한 광택감이 도는 슈트가 잘 어울리는 훤칠한 인상이었다.

「그렇게 긴장하지 않으셔도 됩니다.」여자가 나긋나긋한 목소리로 말했다. 「이미 저희가 어떤 사람인지 알아보신 것 같으니 저희도 허심탄회하게 말씀드릴게요.」

「저희를 만나고 나서 슬럼프가 왔다는 창작자들이 많다는 소문은 신경 쓰지 마세요.」남자가 빠른 어투로 말을 이었다. 「과장에 피해 의식까지 섞인 이야기니까요. 솔직히, 무슨 증거로 그런 얘기가 도는지 저희가 되묻고 싶은 심정이라는 말씀입니다.」

여자는 언짢은 기색이 섞인 미소를 짓더니 〈김 팀장, 일단 소개부터 하죠. 그게 순서잖아요〉라고 제지하며 명함 케이스를 꺼냈다. 「저희는 이런 곳에서 나왔습니다.」

〈○○ 상사〉라고 적힌 일견 평범해 보이는 듯하지만 업종을 알 수 없는 명함, 실장과 팀장이라는 호칭의 구성은 과연 듣던 대로라고 나는 생각했다.

「저희가 주로 하는 일은…….」

「예, 결말을 꽉꽉 닫는 일이요. 열린 결말을 제지하시는 거라고 들었어요.」

「정정하고 싶은데요. 꽉 닫는다는 것보다는 제때 결말을 낸다고 하는 편이 더 정확하거든요.」 실장 쪽이 말했다.

김 팀장이라고 불린 남자는 태블릿 피시를 열어서 내가 전에 한 잡지와 인터뷰한 내용을 들이밀었다. 「여기 보면『모두 너와 이야기하고 싶어 해』라는 소설의 경우, 살짝 열린 결말이라고 하셨는데요. 그 점에 관해 듣고 싶어서 왔습니다.」

나는 잠시 음료를 마시며 시간을 벌었지만, 그렇다고 질문의 핵심을 피해 갈 만한 대답이 떠오르지는 않았으므로 솔직하게 답하기로 했다.

「거기 적힌 내용 그대로예요. 애당초 제 선에서 할 수 있는 이야기는 다 했다고 여겼어요. 주요 등장인물의 연령대를 고려하면 세대적으로 연결해 볼 법한 정황들, 자연스럽게 떠올리게 되는 사건들이 있을 수 있으니까요. 읽는 분에 따라서 해석은 다를 수 있으니 그걸 단정적으로 특정하고 싶지는 않았고요. 그러한 점을 에둘러 언급하려다 보니 편의상 살짝 열었다고 한 표현에 동의한 거라고 보면 되겠네요.」

그는 일단 알겠다고 대꾸하더니 슈트의 재킷을 벗어 의자 등받이에 걸쳤다. 마침 생각이 났다는 듯 와이셔츠의 소매도 접어 올렸다. 그런 다음 어느 북 토크에서 속편의 가능성에 대해 언급한 것을 보았다며 정말 계획이 있는 것이냐고 물었다. 나는 다시금 시간을 벌기 위해 음료 잔을 들었고, 그와 동시에 내가 이들의 질문에 답할 의무가 없다는 사실을 깨달았다. 솔직히 말하자면 될 대로 되라는 기분이 들었다.

「독자로서 여쭤봐 주시는 거라면 얼마든지 말씀드리겠지만, 그게 아니라면 결론부터 들을게요. 이야기를 어떻게 끝내야 한다는 말씀을 하고 싶으신 건가요?」

그러자 실장이 부드럽게 고개를 젓더니 입을 열었
다.「창작하시는 분들이 대체로 오해하고 계신데요.
저희가 드리는 제안은 〈어떻게〉에 초점이 있는 게 아
니랍니다. 중요한 건 〈언제〉예요.」

「그렇습니다. 시작된 이야기는 언젠가는 끝을 맺어
야 한다는 말씀입니다. 그편이 모두에게 이득이니까
요. 여기를 좀 보시죠.」팀장이 태블릿 피시의 화면을
내 쪽으로 내밀었다.

그가 검지 끝으로 화면을 다음 장으로 넘길 때마다
끝나지 않는 이야기가 주는 피로감과 갈등, 그에 따른
사회 비용이 다양한 통계 자료를 바탕으로 제시되어
있었다.「보시다시피 저희가 예술 계통의 창작자들만
을 관리하는 것은 아닙니다.」

그는 어느 신문 기자의 예를 좀 보라고 했다. 신참
기자 시절에 단신으로 처리해야 했던 살인 사건을 잊
지 못하고 20년 가까이 기자 생활을 하는 동안 내내
그 사건에 매달려 있었던 사연에 대해 들어 보라는 것
이었다. 물론 그녀가 평생 한 사건에만 열을 올린 것은
아니었지만, 본인이 발휘할 수 있는 취재력의 절반은

그 사건에 할애한 셈이라고 했다.

「결국 그 사건의 진상이 밝혀졌는지 물어보시겠죠?」 팀장의 어투는 다소 뻐기는 듯했다.

「당연히, 그럼에도 밝혀지지 않은 건을 가져오셨겠죠.」

민첩성을 과시했던 점을 고려하면 보기보다 허술한 면도 있구나 싶어서 나는 일견 안도했다.

「네, 맞는 말이에요. 그리고 저희도 그 점은 진심으로 안타깝게 생각합니다. 밝혀졌다면 베스트였겠지요.」 실장이 나긋나긋한 목소리로 개입했다. 「하지만, 생각해 보세요. 어떤 일은 아무리 유능한 사람이 아무리 매달려도 소용이 없죠. 그런 일도 있다는 걸 우리 모두 알고 있잖아요? 인생이 그런 거 아니던가요? 그렇다면 그 기자는 자신의 취재력을 모두를 위해 쓸 기회를 놓친 것은 아닐까요? 20년 가까이 매달린 일에서 허무하게 손을 떼면서 본인은 또 어떤 심정이었겠어요. 그 공허함을 누가 메워 줄까요? 결국은, 모두에게 손해가 되었다고 생각할 여지가 있는 일 아닌가요?」

내가 대답을 하지 않자 이번에는 다시 자기 차례라는 듯 팀장이 화면을 다음 장으로, 또 다음 장으로 넘기며 수많은 예시를 보여 주었다. 어떻게 도출한 것인지 신뢰하기 힘든 숫자들이 둥둥 떠다녔고, 그들의 입에서는 끊임없이 〈어떤 이야기라도 언젠가는 끝을 내야 한다〉, 〈그러지 않으면 모두에게 손해다〉라는 말이 반복되었다. 그렇게 몇 시간이 흘렀다. 나중에는 그 집요한 반복 자체가 하나의 전략처럼 보였다. 직접적인 위협은 단 한 마디도 하지 않지만 질려 버릴 만큼 집요한 조직이 주시하고 있다는 사실, 그들의 입에서 〈손해〉라는 말이 반복된다는 점이 시사하는 바는 분명해 보였다. 그러므로 이 이야기를 여기서 끝낼 수 있었다면 좋았을 것이다. 다시는 그들에게 시달릴 일이 없었을 것이다. 그 점을 예상함에도 아래의 몇 줄을 추가할 수밖에 없는 것은 바로 그날 그 자리에서 받은 T 씨의 메시지를 기록해 두지 않을 수 없기 때문이다.

T 씨는 부재중 전화 기록을 보고서 내게 메시지를 보내왔다. 〈얼마나 지났다고 번복하는 것은 민망하지만〉까지 보낸 뒤에 잠시 뜸을 들이던 T 씨는 다시 글을 쓰기 시작했다고 전했다. 그 메시지를 읽고 나는 비명을 지를 뻔했다.

저녁마다 해안 도로를 달리거든요.

해가 지는 게 순식간이잖아요. 그럴 때는 최대한 천천히 뛰어요.

거의 매일 저녁에 바다 너머로 지는 해를 보는데 하루는 그런 생각이 들더라고요.

다시 해볼 수 있을지도 모른다는 생각이요.

한번 그런 생각이 드니까 매일 그 생각을 하게 되던데요.

그러니 어쩌겠어요. 써야죠, 다시.

코끝이 시큰거려서 나는 그들이 말을 이어 가는 와중에 자리를 박차고 일어났다. 팀장이 반사적으로 내 앞을 막아섰으나 실장이 그를 말리는 눈짓을 했다. 아마 실장은 내가 겁에 질려 도망치는 모양이라고 판단하여 잠자코 놓아주었을 것이다. 그러거나 말거나 그들의 눈에 어떻게 비치는가 하는 점은 내가 알 바 아니라는 생각이 들었다.

카페 밖으로 나와서 T 씨의 메시지를 거듭 읽는 동안 오늘 받은 메시지 위로 그녀가 올 초에 보내 준 사진이 눈에 들어왔다. 그녀의 고향 집 근방을 찍은 사진이었다. 한적해 보이는 도로에 늘어선 낮은 건물들과

군데군데 빛이 바랜 간판들이 보이는, 특별할 것 없는 풍경. 한적하고도 흔한 그 모습에 위안을 받는다고 그녀는 말했다. 어디에나 있을 법한 곳에 스며든 채 하염없이 시간을 흘려보내다 보면, 도대체 언제까지 그 이야기를 계속할 셈이냐고 윽박지르던 목소리를 잊을 수 있을 것 같다고.

차마 그녀가 위안을 받는다는 풍경에 이의를 제기할 수 없어 입을 다물었으나, 실은 그 사진에서 내 눈에 밟히는 지점은 따로 있었다. 마른 잎 한 장 남기지 못한 채 앙상한 가지로 버티고 선 가로수들. 그 겨울나무들은 마치 거센 입김만 불어 넣어도 바스러질 듯 약해 보였던 것이다. 나는 가만 고개를 저었는데, 때마침 T 씨가 새로운 사진 한 장을 전송해 주었다. 프레임의 한가운데에 태양을 품고 있는 사진이었다. 그녀가 요즘 매일 달린다는 해안 도로에서 찍은 것 같았다. 그 사진 덕분에 나는 한 가지 당연한 사실을 깨달을 수 있었다. 그것은 이 세상에서 해가 저무는 모습과 가장 닮은 풍경이 있다면, 다름 아닌 해가 떠오르는 모습이라는 사실이었다.

결말 닫는 사람들을 알아보는 작은 팁. 그들이 보내는 첫 번째 메일은 의아할 만큼 깍듯한 느낌을 준다. 또한 소문에 따르면 최근 들어 옷차림에 변화를 주어서 어두운 슈트보다 캐주얼 정장 차림이 대세라고 한다. 모쪼록 경계를 늦추지 말기를!

584마리의 양

    은우는 대학교 재학 당시에 중앙 도서관에서 근로 장학생으로 아르바이트를 하며 봉천과 친구가 되었다. 그로부터 10년이 흐르는 동안 봉천에게는 늘 만나는 남자가 있었다. 그중 몇 명은 사귀는 사이로 발전했지만 소위 〈썸〉에서 그치는 경우도 많았다. 몇몇은 그저 하룻밤을 스쳐 지나갔다. 상대마다 인연의 농도는 달랐으나 한 가지 공통점이 있었다. 듬직한 인상을 주는 타입이라는 점이었다. 키가 크고 허우대가 좋은 체격이면 마냥 좋다고, 키가 크지 않더라도 단단한 근육이 잡힌 몸이면 끌린다고 봉천은 말했다. 그는 은우와 달리 20대 내내 외로울 틈이 없었는데, 설령 몸이나 마음이 적적한 때가 온다 하더라도 견고한 취향을 무너뜨릴 수는 없다는 입장이었다. 그랬으므로 몇 해 전에 봉천이 처음으로 성현의 사진을 보여 주었을 때, 은우는 의아함을 표하지 않을 수 없었다.

「전에는 너보다 체구가 작은 사람은 남자로 안 느껴진다더니 취향이 바뀌었나 보네?」

은우의 질문에 봉천은 제법 의젓한 대답을 했다. 「바뀐 게 아니라, 취향이 대수냐 싶은 사람을 만난 거지.」

도대체 그런 사람은 어떻게 알아보는 것일까. 자세히 좀 설명을 해보라고 해도 봉천은 웃기만 했다. 편안해 보이는 미소를 지으면서. 편안함, 그게 바로 남자친구인 성현이 자신에게 주는 것일지도 모르겠다고 봉천은 덧붙였다. 그렇다고 그와 성현 사이에 다툼이 없는 것은 아니었다. 성현은 배려심과 책임감이 남달랐는데 그런 장점에 따른 부산물처럼 고지식하고 소심한 면이 있었던 것이다. 그 때문에 봉천은 이따금 지친다고 불평했고, 사귄 지 3년째에 접어든 이후에는 자주 위기라고 말했다. 올봄에는 진지하게 이별을 고려하기에 이른 적도 있었다. 세 들어 사는 원룸의 계약 만료를 앞둔 시점에 봉천이 성현의 집으로 들어가기로 합의한 일이 어그러진 탓이었다. 함께 쓸 가구까지 골라 둔 후에 약속을 갑자기 물리는 게 말이 되느냐며 봉천은 은우 앞에서 악을 썼다.

「몇 년이 지나도 결국 사람은 안 바뀌더라. 남 눈치 보는 데 목숨 건 인간이랑 만나는 건 좆같은 거야.」

당시에 성현은 가족들의 부탁을 거절하지 못하는 바람에 동생도 모자라 사촌 동생까지 데리고 살게 된 판국이었다. 친척 어른들의 전화 공세에 며칠 시달리더니 자신과 한 약속은 없던 일 취급이라며 봉천은 기막혀했다. 취업 준비를 한답시고 서울에 온 사촌 동생의 일과를 듣고 있자면 이 상황이 앞으로 5년이고 10년이고 지속돼도 놀랄 일이 아니라고, 아니 영원히 그렇게 셋이 살지도 모르는 일이라고 이죽거렸다.

평소에도 밖에서 데이트를 할 때 걸핏하면 주위의 시선을 의식하며 바짝 긴장하는 성현은 사촌 동생과 함께 살게 된 후부터 자기 방에서 봉천과 통화를 할 때조차 목소리를 낮추며 주변의 눈치를 살피게 되었다. 가족 중에 그가 게이라는 사실을 아는 사람은 동생뿐이니 조심할 수밖에 없다며 양해를 구했지만, 이제는 그런 변명을 듣는 일에도 질려 버렸다며 봉천은 하염

없이 소주를 들이켰다. 하지만 막상 술기운이 오르자 곧잘 그랬던 것처럼 조금 전까지 쏟아 내던 불평을 하나하나 주워 담듯 수정하기 시작했다. 성현이 사람들의 시선을 과하게 의식하는 것도 실은 심성이 곱고 곧기 때문이라고 봉천은 강조했다. 본바탕이 선하고 책임감이 남다른 사람이라는 사실을 누구보다 잘 알고 있는데, 그런 사람과 어떻게 헤어질 수 있겠느냐고 은우에게 되묻기도 했다. 내뱉는 말의 내용은 바뀌었지만 술잔을 비우는 속도는 그대로였다.

커밍아웃을 할 때도 덤덤하던 봉천이 몸을 가누지 못할 만큼 취해서 엉엉 울던 얼굴, 비틀대던 그의 기척에 놀라 어두운 도로를 가로질러 트럭의 바퀴 아래로 숨던 길고양이의 뒷모습이 은우는 여전히 눈에 선했다.

그 시점으로부터 고작 반년쯤 지났을 뿐이건만, 앞치마를 걸친 봉천은 어서 들어오라며 환하게 웃고 있었다. 은우가 건넨 롤케이크 상자를 받아 들면서 〈집들이 선물 미리 보내 놓고 뭘 또 사 왔어!〉 하며 호들갑을 떠는 모습이, 그의 입에서 나오는 집들이라는 말이, 그와 성현이 드디어 함께 살게 되었다는 사실이 은우에게는 새삼 비현실적으로 다가왔다. 봉천이 건넨 슬리퍼를 신고 집 안에 들어서자 맨 먼저 거실에 놓인 오트밀색 소파가 보였다. 봉천은 소파 옆으로 난 거실 창이 제법 크지만 영 실속이 없다고 말했다.

「뷰가 뭐 그냥 남의 집 뷰야. 이 앞의 빌라 한 동만 없애면 불광천이 내려다보일 텐데, 우리 집 채광이랑 뷰 때문에 남의 집을 부술 수는 없으니까 그냥 커튼 치고 사는 거지.」

장난기 어린 투정을 하는 봉천을 보며 은우는 서울행을 택했을 때만큼이나 느닷없이 고향으로 돌아갔다는 성현의 사촌 동생이 그곳에서 취업에 성공하기를 진심으로 빌었다. 아울러 집을 어지르지만 않는다면 누가 들어와서 살아도 개의치 않는다고 먼저 말해 주었다는, 원체 덤덤한 성격이라는 성현의 동생에게도 감사했다. 실상 오늘의 집들이 겸 송년회 날짜도 그가 제주도로 여행을 떠나 집을 비운 덕분에 확정된 것이었다.

「그럼, 우리 성준이 같은 애가 없지.」 봉천은 늦둥이 자식을 자랑하는 듯한 어투로 말했다. 「야근하느라 만

155

날 늦게 들어와, 오면 또 방에서 잘 안 나와, 잠귀 어두
워. 천사야, 천사. 세상에 같이 살기에 이렇게 완벽한
남친 동생이 어디 있냐.」

봉천이 소파 앞에 놓인 티 테이블 옆으로 접이식 밥
상을 펼쳤다.

「이게 높이는 좀 안 맞지만 최선이야.」

「그런데 지금 이거 뭐 끓이는 냄새야? 어묵탕?」

「홍합탕. 실패가 없다길래. 너 다른 사람들 오기 전
에 먼저 와인 한잔하고 있을래?」

은우가 괜찮다고 손사래를 쳤다. 「계속 끓일 거야?
그거 껍데기 벌어진 다음에도 너무 팔팔 끓이면 살이
쪼그라들잖아.」

「아, 그런 거야?」

황급히 싱크대 앞으로 향하는 봉천을 뒤따라간 은
우는 자못 불안한 마음으로 싱크대 주변을 살펴보았
다. 요리로서 완성돼 있는 것은 홍합탕뿐, 다른 요리는
아무것도 보이지 않았다. 채반에는 생새우와 통마늘
이 쌓여 있었는데, 봉천은 슬슬 마늘부터 썰겠다며 도
마를 꺼냈다. 칼을 쥔 모습이 어설퍼서 당장에라도 손
을 벨 것 같았다. 은우의 시선을 느낀 봉천이 고개를

들어 두 사람의 눈이 마주쳤다.

「진짜 다 돼가는 거 맞아?」

「그럼. 이거는 썰어서 올리브유에 익히기만 하면 된
다며. 나머지야 뭐, 우리가 어떤 민족이냐?」

봉천은 닭강정과 감자튀김, 중국요리를 주문해 뒀
고 그의 애인이 감바스알아히요에 곁들일 바게트와
연어샐러드를 사러 나갔다며 여유 만만이었다. 오늘
맞을 손님 중 한 명이 질 좋은 육포도 가져온다고 하니
어떤 주종이든 커버할 안주가 다 있지 않으냐고 하면
서 그는 눈을 찡긋거렸다. 때마침 봉천이 썬 마늘의 반
토막이 도마를 따라 굴러서 주방 바닥으로 떨어졌다.

「마늘은 통째로 들어가도 되니까 새우부터 까. 아
니, 같이 까자.」

「그럴래?」 봉천이 재빨리 대꾸했다.

마구잡이로 새우의 등허리를 쑤셔 대는 봉천에게
은우는 침착하게 요령을 전했다. 껍질 안쪽으로 살짝
이쑤시개를 밀어 넣은 후 훑어 내듯 빼내면서 진회색
의 실 같은 내장을 빼내도록. 그러나 봉천은 말로는 알
아들었다면서도 이쑤시개를 깊숙이 찔러 넣으며 새우
를 두 동강 내다시피 하고 있었다. 은우는 단념하고 자

신이 내장을 제거할 테니 머리와 껍질을 떼라고 시켰다. 문득 어딘가에서 들은 인간 분류론이 생각났다. 대부분의 인간은 집안일과 관련해 두 가지로 나뉜다는 이야기였다. 즉 청소는 좋아하지만 요리에는 흥미가 없거나, 요리는 즐겨도 청소를 귀찮아하는 타입의 어느 쪽인가로 치우치기 마련이라는 것이었다.

「너는 극단적으로 청소 타입인가 보다.」

「그렇지.」봉천이 인정했다.

「네 애인은 어때?」

「형이 나보다 윗길이야. 이 집에 사는 셋 중에서도 제일 심해. 컵라면 물만 붓는 것도 기똥차게 싱겁게 만든다니까.」봉천이 진저리를 쳤다. 「아무튼 사람 일은 모르는 거야. 나는 근육질에 손맛 좋은 남자가 이상형이었는데 형이랑 살고, 너는 폭우가 쏟아지는 날에 연애를 시작하고.」

「연애라고 누가 그래?」

「주말마다 만난다며.」

「그냥 같이 걷는 거야. 혼자는 귀찮아서 미루다가 결국 안 나가게 되니까.」은우는 짐짓 단호하게 말했다.

선주와 일요일마다 만나는 것은 맞았다. 하지만 두

사람의 일정이라고 해봤자 서울의 곳곳을 걷고, 다음에는 어디를 걸어 볼까 이야기하고, 한 명이 밥을 사면 다른 한 명이 커피나 맥주를 사는 것뿐이었다. 거를 것도 숨길 것도 없이 그게 은우와 선주가 만나서 하는 일의 전부였다. 그렇지만 〈아, 진짜 가르쳐 먹기 힘드네. 그게 연애야. 네가 지금 하는 그게 연애라고〉하며 답답해하는 봉천의 모습을 보자 내심 혹시, 하는 생각이 들었다.

돌이켜 보면 지난여름 선주와 처음으로 길게 대화를 나누고 집에 돌아가는 길에 기분이 아련한 듯하기도, 싱숭생숭한 것 같기도 했던 것은 사실이었다.

그날 은우는 작은 책방에서 열리는 강연 시간에 늦지 않기 위해 퇴근길을 서둘렀다. 우산을 가지고 있었음에도 폭우로 인해 바짓단을 무릎 아래까지 적셨고, 그 상태로 도착하고 나서야 행사가 취소되었다는 소식을 들었다. 책방에서 오후에 보내 둔 메시지를 읽지 못한 탓이었다. 이어서 선주 역시 은우와 같은 이유로 반쯤 젖은 모습으로 등장하자, 책방 주인은 몸을 데우고 가라며 두 사람에게 허브차를 내주었다.

「지난주에 놓쳐서 이번 주에는 일까지 조정해서 왔

는데 이렇게 됐네요.」

한숨을 내쉬는 선주에게 은우는 나혜석의 작품과 삶을 다루었던 지난 강연의 내용을 전해 주었다. 그러자 선주가 어쩌면 그렇게 요약과 설명을 잘하느냐고 칭찬을 쏟아 내다시피 했으므로, 은우는 그간 교사로서 보낸 시간이 마냥 제자리걸음은 아니었나 싶어 내심 안심했다.

두 사람은 책방에서 나와 날이 갠 거리를 걸으면서도 대화를 이어 갔으며, 버스 정류장에서 선주가 탈 버스를 기다리는 동안에도 계속 이야기를 나누었다. 그러는 동안 장마가 끝나면 함께 산책을 하자는 말은 선주가 먼저 꺼냈다. 몇 주가 지나서 두 사람은 실제로 만나서 걷게 되었고, 가을 내내 일요일마다 함께 산책을 즐겼다.

「그게 연애라니까. 연애 별거 없어. 열일곱도 아니고 눈에서 스파크가 튀고 배 속에서 나비가 날아다니고 그럴 거 같아?」 봉천이 새우의 머리를 집은 손으로 은우를 가리키며 말했다.

「양심이 좀 있어라. 툭하면 연애는 이런 게 아닌 거 같다는 둥, 제대로 된 연애를 해야겠다는 둥 앓는 소리를 하던 게.」

반격해 올 줄 알았던 봉천이 그 점은 인정한다며 웃기만 했다. 은우는 그가 전보다 웃음이 헤퍼졌다고 생각했다.

「그럼 좀 이따 사람들한테 물어보자. 다 모이면.」

「오늘 온다는 세 명 중에 에이섹슈얼도 있어?」

「아니. 은하 씨라고 그쪽이 한 명 있기는 한데 디제이라 연말에 행사 뛰느라고 워낙 바빠서. 다음에 한번 셋이 보지 뭐.」

「그럼 됐어. 이 나이에 사귀는 건지 아닌지 봐달라고 그러는 게 재밌겠어? 시시할걸.」

「시시하다니. 이 모임 사람들한테는 누가 누구랑 사귀느냐 하는 거야말로 영원히 환장하는 화제인데.」 봉천이 손등으로 은우의 어깨를 툭 건드린 다음 벽시계 쪽으로 시선을 던졌다.

배달 음식이 연달아 도착한 것은 올리브유에 끓인 새우의 고소한 냄새가 진해질 즈음이었다. 봉천은 상 위에 음식과 개인 접시를 세팅하며 〈모임〉이라고 언급하기는 했지만 실체는 그저 예닐곱 명이 모인 단톡

방에 불과하다고 설명했다. 레즈비언 커플과 게이와 게이에 가까운 바이섹슈얼과 에이섹슈얼이 함께 있는 그 방의 구심점은 도널드 덕을 닮아 〈도널드〉라는 닉네임을 쓰는 남자였다.

도널드는 전형적으로 발이 넓고 술을 좋아하는 호인이자 미식가인데, 숱한 남자와 소수의 여자를 거쳐 간 연애가 숨 막히게 전개되던 20대를 지나 30대가 된 이후에는 외롭다는 말만 입에 붙었지 연애에 대한 열정은 한풀 꺾인 상태였다. 그와 반비례하듯 미식에 대한 열의가 더해져서, 철철이 뭔가를 먹으러 가자고 주변 사람들에게 연락하고 단톡방을 만드는 게 취미라고 했다. 그 방들은 대체로 퀴어의 비중이 높았지만 그중에도 전원이 퀴어로 구성된 곳이 바로 봉천이 속해 있는 방이었다. 주로 맛집의 링크를 공유하고 연말이나 명절이면 함께 모여 진탕 마시는 게 주된 화제라고 봉천은 강조했다.

「다들 같이 늙어 가느라 세상 건전하게 먹고 마시는 것밖에 안 한다고 형한테 그렇게 얘기를 해도 모임은 거부감 든다고 여태 뺐거든. 그런데 무슨 바람이 불었는지 갑자기 오케이하더라고. 아무튼 그 속은 알다가도 모르겠어.」봉천이 말했다. 「이제 거의 다 왔대.」

「원래 사람은 어떤 상태가 오래되면 그거 자체가 습관이 되고 버릇이 돼서 깨기가 힘들어지고 그러니까.」 은우가 머뭇거리며 대꾸했다. 「아무래도 어떤 업계에서 일을 하느냐에 따라서도 다를 테고.」

반박할 말이 있는 듯 봉천이 〈그래도〉 하고 입을 뗐을 때 초인종이 울렸다. 성현이 들어왔고, 그는 부옇게 김이 서린 안경을 벗기도 전에 은우에게 처음 뵙겠다며 인사를 건넸다. 곧이어 건물 입구에서 만났다며 세 명의 손님도 함께 실내로 들어왔다.

도널드는 피부가 환한 데다 하관이 유독 짧아, 듣던 대로 도널드 덕을 연상시키는 외모의 소유자였다. 그는 자신이 얼마 전에 찾아낸 최고의 육포를 푸짐하게 사 왔다며 이따 직접 구워 주겠다고 말했다. 그러더니 돌연 〈이런 게 유행을 하는데 제가 무슨 힘이 있나요. 넉넉히 샀습니다〉 하며 쇼핑백 안에서 눈으로 오리 모양을 찍는 틀을 꺼내 맨 먼저 은우에게 건네고 커플에게도 하나씩 나누어 주었다. 그는 첫 잔으로 맥주를 마시겠느냐는 봉천의 질문에는 고개를 젓더니 〈제가 지난 번개에서 또 흑역사를 갱신하는 바람에……〉 하며 잔에 술 대신 콜라를 따랐다.

자신을 〈동산〉이라는 닉네임으로 부르면 된다고 소
개한 단발머리는 이번 주가 지독하게 길었다며 하이
볼을 진하게 타서 마시겠다고 했다. 그러고는 눈 오리
틀을 만지작거리는 데 정신이 팔린 자기 여자 친구를
가리키며 〈애는 이름이 외자예요. 윤이요〉라고 은우
에게 소개했다. 그들을 만나는 것은 은우뿐만 아니라
봉천의 남자 친구인 성현 역시 처음이었다. 그로 인해
관심의 중심은 단연 3년 만에 공개된 봉천의 남자 친
구 성현에게 쏠렸다.

「그동안 저희가 진짜 궁금해했어요.」여전히 한 손
에 눈 오리 틀을 쥔 윤이 말했다.

「맞아요, 진지하게 SNS 뒤져 보자는 얘기까지 했었
어요!」동산이 맞장구치자 윤은 결코 진지하게 도모한
것은 아니며 드립일 뿐이었다고 수습했다.

「목소리가 성우 같으세요.」도널드가 화제를 돌렸
다. 「그런 말씀 많이 들으셨죠?」

성현이 고개를 저으며 겸손하게 인사를 하는 동안
봉천은 뿌듯한 얼굴을 하고 빈 술잔을 채우느라 바빴
다. 그러다 접시가 하나씩 비워질 때까지 질문이 쏠리

자 은우와 선주의 이야기를 꺼냈다. 은우가 만류해도 소용이 없었다.

「내가 봤을 때 그건 연애거든.」 봉천이 말을 이었다. 「당연히 연애 아니야? 매주 일요일에 한 사람을 계속 본다는데, 그게 어떻게 그냥 친구냐고. 원래부터 친구로 알던 사이도 아니었고.」

「연애네.」

동산이 동의했고, 도널드도 고개를 끄덕였다.

「그런데 본인은 헛갈린다는 말이죠?」 동산이 술잔을 휘휘 돌리더니 은우에게 시선을 고정했다. 「스킨십은요? 스킨십이 하나도 없었어요? 아니면 미묘하게는 있었어요? 그걸 봐야죠.」

「그저 머리에 음란 마귀만 끼어 가지고.」

윤은 혀를 차면서도 동산의 손을 꼭 잡고 있었다. 두 사람은 이미 10년 가까이 사귀고 있다고 했다.

「내가 그 얘길 깜빡했네.」 봉천이 나섰다. 「얘가 에이거든. 로맨틱 에이섹슈얼.」

봉천의 말에 놀라는 사람은 아무도 없었다. 동산과 윤은 그대로 손을 잡고 있었고, 도널드는 치킨을 뜯으며 고개를 끄덕였으며, 성현은 새 와인의 병마개를 따는 데 여념이 없었다. 그간 자신의 성적 지향에 대해 터놓고 대화를 나눌 만한 사람이 봉천 외에는 없다시피 했던 은우로서는 처음 만나는 사람들 앞에서 이토록 자연스럽게 자신의 이야기를 나누는 상황이 낯설고 신기한 한편, 얼마간 개운한 기분도 들었다.

「그 여자분도 은우 씨가 어떤지 어렴풋이 아는 게 아니라 확실히 아시는 거죠?」 성현이 물었다. 그와 동시에 와인의 코르크 마개가 병에서 빠져나왔다.

「네. 어쩌다 보니 얘기하게 됐어요. 몇 주 전에 취해서 얘기했는데 상황이 다 기억나는 건 아니고요.」

그날은 은우도 와인을 마셨다. 두 사람이 한 시간쯤 함께 걸은 뒤 샤부샤부집에 갔는데 뜻밖에 하우스 와인을 팔기에 선주를 따라 주문한 게 화근이었다. 점점 매서워지는 바람에 오들거리며 걷다가 갑자기 따뜻한 곳에서 금세 배가 불러 온 탓에 하우스 와인 두 잔에 만취한 것이었다. 나중에 들으니 은우는 선주에게 언젠가 읽고 캡처해 둔 양에 관한 기사를 언급하며 말문을 열었다고 했다.

기사는 해외의 어느 양 연구소에서 관찰한 내용을

전했다. 2년간 지켜본 결과, 수컷 5백여 마리 중에 암컷과만 교미한 양은 절반 정도에 그친다고 했다. 그중 10퍼센트가 넘는 양은 암컷에게도 수컷에게도 어떠한 성적 반응을 보이지 않았다는 것이 은우의 주의를 끌었다.

도널드가 기사를 찾았다며 휴대 전화의 화면을 사람들에게 보여 주었다. 「2년간 수컷 584마리를 대상으로 했대요. 그 양들 중에 이성애가 55.6퍼센트, 양성애가 22퍼센트, 무성애가 12.5퍼센트, 동성애는 9.5퍼센트라는데요?」

「뭐라고요?」 동산이 휴대 전화를 뺏어 들었다. 「양은 인간 쪽보다 무성애가 더 많네. 얘들이 풀만 먹어서 그런가?」

그러자 윤이 〈하여간에〉 하며 동산의 허벅지를 찰싹 소리가 나도록 때리고는 은우에게 물었다. 「기사 내용 얘기한 다음에는 어떻게 말했는데요? 그건 기억나세요?」

은우가 고개를 갸웃했다. 기사에 대한 소감을 나눈 내용은 안타깝게도 기억이 나지 않았지만, 언젠가부터 선주와 테이블 위로 손을 잡고 있었던 것은 기억했다. 은우는 이렇게 손을 잡고 따뜻하게 포옹하는 일은 좋아한다고 말했다. 그러나 그 이상의 성적인 행위에 대해서는 흥미가 없다고, 더 정확히 말하면 상당한 거부감이 든다고 말했다. 아예 불가능한 것은 아니지만 즐길 수가 없다고 밝히자 돌아온 선주의 대답이 미묘했다.

「뭐라고 하시던가요?」성현이 물었다.

「한 3년만 더 어렸을 때 들었으면 바로 아웃인데, 그러더니 술을 한 잔 더 시켰던 것 같아요.」

「아까는 왜 그 얘긴 안 했냐? 그거 봐, 가능성이 있잖아.」봉천이 말했다.

「고백을 듣는 일에 프로라서 동요하지 않고 덤덤히 들은 걸지도 모르거든.」은우가 대꾸하고는 다른 사람들을 위해 설명을 덧붙였다. 「하시는 일이 상담 선생님이거든요.」

어쨌거나 가능성은 있다고 봉천은 한 번 더 강조했다. 직업상으로 보건대 은우의 정체성에 관해 알아듣지 못했거나 당황해서 나오는 대로 응수하지는 않았을 거라는 게 그의 의견이었다.

「가능성이야 있죠.」도널드가 빈 유리잔을 가지고

왔다. 「세상에는 오누이 같은 부부도 많다고 하고. 우리 사무실 헤테로 커플들도 보면 애 낳은 다음에는 다들 그쪽이 시들시들하대요. 섹스가 뭐 별거냐, 그런 선배들도 꽤 있던데요.」

「여자분 대답 들어 보면 그런 것 같지는 않아요.」 성현이 반박했다.

「맞아요.」 동산이 동의했다. 「그건 결혼한 지 몇 년이 지나고, 애도 낳고 난 뒤 이야기니까.」

「도널드 님, 오늘 술 마시면 강아지라면서요.」 윤이 슬그머니 맥주병을 집는 도널드에게 말하자 도널드는 〈맥주가 술입니까? 맥주가?〉 하고 호들갑스럽게 말하더니 돌연 왈왈하고 개 짖는 소리를 냈다. 윤은 못 말린다는 듯 눈을 흘겼지만 병을 뺏어 들더니 도널드의 잔을 채워 주며 말했다. 「중요한 건 어쨌든 그러고서 완전히 까이지 않았다는 거네요. 그날 이후로 연락이 씹히거나 연락 텀이 길어지거나 그런 건 아니신 거죠?」

「글쎄요, 딱히 달라지지는 않았어요.」 은우가 말했다.

「그거 봐, 가능성이 있다니까. 몇 번을 말해.」 봉천이 은우의 어깨를 건드리더니 새 맥주를 꺼내 왔다.
「아니면 말고, 하는 느낌으로 들이대 봐. 정말 아니다
싶으면 친구로 보면 되잖아.」

　「우리 나이에 아니면 말고, 하는 건 너무 가볍지. 상
대가 싫다면 어쩔 수 없지, 하는 느낌이면 모를까.」성
현이 끼어들었다.

　은우가 새 술을 받아 들고 난 뒤에도 화제는 향후 은
우가 어떻게 행동하는 편이 좋은지, 〈당신이 싫다면
어쩔 수 없지〉 하고 쿨하게 거절을 받아들이는 방법은
무엇인지, 그런데 정말 연애를 하게 된다면 선주가 일
방적인 희생을 하는 것은 아닌지에 대한 갑론을박으
로 이어졌다.

　동산과 봉천은 두 사람의 미래를 긍정적으로 보았
고, 윤은 부정적이었으며, 도널드와 성현은 아직 판단
하기에 이르다는 입장이었다. 그럼에도 모두 진지하
게 은우의 이야기를 듣고 관심을 가져 주었으므로 어
느새 은우는 처음 만나는 사람들이 아니라 오래도록
알고 지낸 사람들과 술잔을 기울이고 있는 듯한 기분
이 들었다. 그래서 선주를 만나게 된 계기에 대해 설명
하면서도 민망함을 느끼지 않았다.

「아, 나는 책방 같은 데를 안 가서 누가 안 나타나나.」 도널드가 탄식하듯 중얼거렸다. 「겨울 되니까 진짜 사무치는데.」

도널드는 요즘 들어서는 어쩌나 외로운지 남자끼리도 선 자리로 이어 주는 서비스가 있다면 맞선이라도 보고 싶다고 덧붙였다. 그러자 두 커플이 치를 떨었다.

「오죽하면 이러겠어요? 저도 3년씩, 10년씩 사귀는 사람이 있으면 여러분처럼 진저리를 치겠죠. 그런데 없는 걸 어쩌냐고요.」 도널드가 자신의 잔이 비었다는 의미로 흔들어 보였다. 「정말 이 바닥이 인터넷 게시판이랑 앱 아니면 이 나이에 새로 누구 만나기가 얼마나 힘든데. 멋모르고 만나는 건 앱이나 선이나 똑같잖아요. 그래도 선을 보러 나온 사람이면 최소한 예의는 차릴 테고.」

〈서로 따질 건 따져서 나온 거니까 겉으로 예의 떠는 거야 뭐……〉 하고 동산이 말하자 윤이 〈그렇지. 그런 건 예의를 지키는 게 아니라 떠는 거겠지〉 하고 동의했다. 이 부분에서는 두 사람의 의견이 잘 맞는 듯 보였다.

여대 동아리의 선후배로, 그것도 학생회관에 떡하

니 무지개 깃발을 걸 수 있는 환경에서 만난 두 사람은 엄지손가락 관절이 뻐근해지도록 앱 화면을 넘기고 넘기는 자기 심정을 짐작도 못 할 거라며 도널드가 어깨를 늘어뜨렸다. 은우는 문득 동산과 윤은 어떻게 서로를 알아보았는지 궁금했다. 윤은 계면쩍은 듯 웃으면서도 대학 선배로 만난 동산의 첫인상부터 이야기하기 시작했다. 〈그때는 정말 언니처럼 어른스럽고 포용력 있고 지적인 사람은 없다고 생각했어요〉 하는 윤의 말에 동산 본인이 누구보다 크게 웃었다.

10년 가까이 사귀어 왔고 6년째 함께 사는 동안 자주 다투었지만 진심으로 헤어지는 것을 고려한 적은 단 한 번도 없었다는 두 사람의 사연을 들으며 은우는 아득하면서도 어딘지 모르게 안심이 되는 듯한 마음이었다. 다음으로는 자연스럽게 봉천과 성현 커플이 어떻게 만났는가 하는 이야기가 나왔다. 봉천은 말을 하다가 몇 번이나 이런 얘기까지 해도 되느냐는 얼굴로 성현을 쳐다봤는데 그럴 때마다 성현은 인자한 미소를 지었다.

잠시 뒤 술이 동나자 동산과 윤은 편의점으로 향했다. 도널드는 슬슬 육포를 굽겠다며 일어섰는데 집에

북어포가 있다는 봉천의 말을 듣고 육지와 바다에서 나는 마른안주를 다 갖추었다며 쾌재를 불렀다. 그러고는 냉장고를 뒤지더니 가맥집 스타일로 특제 소스를 만들어 주겠다며 청양고추부터 다지기 시작했다.

지금까지 나온 설거지를 해두기 위해 은우가 고무장갑을 집으려 하자 성현이 극구 말렸다. 성현은 자신이 요리에는 젬병이지만 신속하고 깔끔한 설거지에는 자신이 있다며 은우를 옆으로 밀었다. 그런 두 사람을 보며 도널드는 올해 마지막 주 토요일에 약속을 잡지 말라고 전했다.

「그날은 뭐 먹으러 가나요?」 성현이 물었다.

「올해 마지막 메뉴는 천수만 강굴입니다.」 도널드가 자신만만한 음성으로 말하자 굴이라면 언제든 좋다며 봉천이 쾌재를 불렀다. 「여러분, 알은 작은데 말이죠. 달아요, 달아. 강굴은 미리 인원 안 짜면 못 먹으니까 예약 바로 들어가야 하거든요. 오늘 인원은 일단 다 콜이죠?」

「너도 콜이지?」 봉천이 은우에게 물었다.

은우는 대답을 망설였는데 성현은 선뜻 그럼 천수만까지 가는 거냐며 관심을 보였다. 도널드는 인원수만 미리 파악하면 모이는 날짜에 맞춰 인터넷으로 주문을 해둘 수 있다며 입맛을 다셨다.

「그럼 또 우리 집에서 먹으면 되겠네. 은우도 또 오고. 단톡방에도 초대한다?」

봉천이 재차 물어 왔지만 은우는 대답을 망설이고 있었다. 오늘의 만남이 즐거웠던 것과는 별개로 자신이 이 모임에 썩 잘 어울리는 사람은 아닐 거라고 생각하기 때문이었다. 물론 봉천 덕에 이들과 어울리게 된다면 아마도 막연하고 막막한 형태의 외로움을 느끼는 시간은 줄어들 것이다. 그러나 때로는 왁자지껄하게 흥이 오른 사람들 사이에서 동떨어져 있는 듯 외로움을 느끼는 일도 있을 터였다. 아직 겪지 않은 감정을 구체적으로 그려 볼 수 있는 것은 그동안 그 같은 감정이 번갈아 찾아오는 일이 잦았던 탓이었다. 때로는 자신의 삶 자체가 그 반복이라고 여겨질 정도로 어떠한 모임이나 관계에 속해 있을 때도 예외가 없었다. 실상 누구나 관계 속에서 외로움을 느낀다고 하지만, 때로 은우는 그런 관점에 대해서도 의심의 눈길을 거둘 수 없었다. 남들이 호소하는 외로움과 자신이 느끼는 감정의 결은 다른 것 같아서였다. 그러나 은우는 아직 그

차이를 명확하게 짚어 낼 말을 찾지 못했다. 뭐든 쉽고 상세하게 설명하는 일이 직업이자 특기인데도 그랬다.

「이날이거든?」 봉천이 휴대 전화 화면에 띄운 달력을 보이며 눈짓하자 도널드가 아직 시간 여유가 있으니 천천히 생각해 보고 알려 달라고 덧붙였다. 그러고는 신입 특전이라며 방금 구워 낸 따끈따끈한 육포에 소스를 듬뿍 찍어 은우에게 건넸다.

은우가 선주와 만난 책방에서 한 해 동안 구입한 책은 나혜석의 글을 모은 『나혜석, 글 쓰는 여자의 탄생』, 벨 훅스의 『올 어바웃 러브』, 앤서니 보개트의 『무성애를 말하다』 세 권이었다. 책을 읽는 속도가 사는 속도를 좀처럼 따라잡지 못하는 은우는 이듬해 겨울에야 『무성애를 말하다』를 집어 들었고, 책 속에서 〈584마리의 양〉에 관한 통계를 발견했다. 작년 이맘때 생각이 난다며 봉천에게 메시지를 보내자 그는 기다렸다는 듯 재빨리 은우에게 도널드가 준비한 그해의 연말 모임이 열리는 장소와 시간을 알려 주었다.

4부

블랙 크리스마스

설마, 하는 데이트

마침내 12월이 되었을 때, 그해 달력의 마지막 페이지를 열며 혁준은 감격에 가까운 안도감을 느꼈다. 입사 이래 가장 바빴던 석 달을 버티게 해준 것은 24일 날짜에 쳐둔 엄지손톱만 한 동그라미, 다시 말해 크리스마스이브의 약속이었다. 경윤은 연말연시만이라도 조교실에서 벗어나고 싶다며 그날 무엇을 하든지, 어디에 가든지 좋다고 했다. 저야말로, 하고 혁준은 생각했다. 경윤과 단둘이 만나는데 더 바랄 게 무엇이겠는가. 혁준은 야근을 마친 밤에 감기는 눈을 부릅떠 가며 검색에 검색을 거듭하여 코스를 정했다. 그러나 주변에 의견을 구했을 때 돌아온 반응은 영 신통치 않았다.

입사 동기인 주영은 〈얘가 기본이 안 돼 있네〉 하고

말문을 열더니 〈그런 거를 여자들이 좋아할 거 같아?〉
하며 고개를 저었다(그녀는 지금껏 폭넓은 유형의 데
이트를 즐겨 본 경험이 있는 연애의 베테랑이었다. 혁
준이 게이라는 사실은 몰랐다).

〈거긴 네가 가고 싶은 데잖아. 하여간에 남자들은
자기중심적이야〉라고 말하며 혀를 차는 동창도 있었
다(그는 지난 4년 동안 데이트를 할 기회가 전무했다.
한편 혁준이 게이라는 사실은 이미 10대 때부터 알고
있는 친구였다).

두 사람 공히 제시한 대안은 단순했다. 일방적으로
최선을 다해서 앞서 나가지 말고 상대가 좋아하는 메
뉴부터 파악한 뒤에 적당히 고급스럽고 조용한 곳을
예약하라는 것이었다.

문제는 지인들의 충고를 받아들여 경윤에게 요즘
뭐가 먹고 싶으냐고 물었을 때 전화기 건너편에서 〈겨
울이니까 뭐, 굴이요?〉라는 대답이 돌아온 데 있었다.

혁준은 생굴을 입에 대지 않은 지 10년이 넘었다. 대
학 신입생 시절에 기숙사 룸메이트가 노로바이러스에
감염돼 응급실에 실려 가는 모습을 지켜본 탓이었다.
경윤이 정히 좋아한다면 언젠가 한 번쯤 먹어 볼 용의

는 있었지만 단둘이 만나는 첫 자리부터 도전하기는 부담스러웠으므로 통화가 마무리되어 갈 때쯤 한 번 더 좋아하는 음식에 대해 물었다. 경윤은 달리 떠오르는 것이 없는지 〈혹시 굴을 못 드시나요?〉 하고 되물었다. 혁준은 그럴 리가 있느냐고 부정한 뒤 통화를 마치자마자 주영에게 조언을 구했다. 그러자 주영은 파스타와 그라탱 메뉴도 구비된 오이스터 바를 추천해 주었다. 그 정도는 시도해 볼 만하다 싶었던 혁준은 예약을 마친 후 설렘과 긴장 속에 크리스마스이브를 맞이했다.

빙수처럼 입자가 고운 얼음 위에 늘어선 큼지막한 석화는 언뜻 보아도 싱싱해 보였다. 진녹색 부추 오일과 연노랑 타바스코 소스, 허브로 장식한 굴을 넣은 경윤의 입에서 아찔한 탄성이 비어져 나왔으므로 혁준은 역시 주영의 충고를 따르기 잘했다고 안도했다. 다만 맛있게 먹는 경윤의 모습을 보는 것만으로도 온몸의 세포 하나하나가 따스해지는 듯한 기분이 드는 것과 별개로 생굴을 먹는 게 꺼림칙하다는 점은 변하지 않았다. 타바스코 소스를 있는 대로 뿌린 석화 딱 한

알을 대강 삼키고 나서는 요새 탄수화물이 당겨 큰일이라고 능치며 굴 그라탱을 시켜서 곁들여 나온 바게트만 뜯어 먹었다.

「솔직히 말해 봐요.」 경윤이 냅킨으로 입가를 닦은 뒤 혁준을 가볍게 흘겨보았다. 「생굴 못 먹는데 괜찮다고 한 거죠?」

「설마, 굴도 못 먹는데 여기를 예약했을까 봐요. 제가 원래 탄수화물 중독이라서 그렇다니까요.」 혁준은 망설임 없이 대답했지만 자기도 모르게 경윤의 시선을 피하게 됐다. 안 그래도 묘하게 속이 부글거리는 것 같아서 몰래 위장약을 먹어야 할지 고민하던 참이었다. 너무 초조해하지 말자. 그렇게 생각하며 혁준은 어느새 인중에 맺힌 땀을 훔쳤다. 어쩐지 경윤의 식사 속도도 느려진 것 같았다. 혁준은 겸연쩍은 분위기를 신속하게 풀어 줄 만한 것이라면 떠오르는 게 하나 있었다. 휴대 전화를 들어 최근에 저장한 동물의 움짤을 찾았다. 초등학생 아이에 버금가는 몸집을 지닌 골든레트리버가 볕을 받으며 꾸벅꾸벅 졸고 있는 모습을 담은 것이었다. 경윤은 그 모습을 보고 미소 지었지만 눈빛에는 침울한 기운이 감돌았다. 그의 입에서 〈우리 보리도 참 잠이 많았었는데……〉하는 말이 나오자 혁준은 자기 뺨이라도 치고 싶은 심정이 되었다. 경윤과 유년 시절부터 함께했던 반려견 보리가 지난해에 숨을 거둔 사실이 이제야 기억난 것이었다. 보리는 하필 움짤 속 강아지와 같은 골든레트리버종이었다.

혁준은 한 번 더 인중의 땀을 닦았다. 다른 화제가 필요했다. 바게트 겉껍질을 잘근잘근 씹으며 어서, 빨리 다른 화제를 떠올려야 한다고 생각하면 할수록 눈앞이 하얗기만 했다.

초조한 마음에 잠시 피신하듯 화장실로 향하는 길에 혁준은 바 카운터 반대편에 위치한 안쪽 테이블에서 허공을 응시하고 있는 사람의 얼굴이 어딘지 모르게 낯이 익다고 생각했다. 그러나 누구인지 바로 알아보지는 못했는데 화장실에서 손을 씻는 동안 기억이 났다. 자리에 돌아오는 길에 걸음의 속도를 늦추며 확인해 보니 틀림없었다. 구부정하게 벽에 기대앉은 그는 마치 영혼의 한가운데를 잡아 뜯긴 뒤 내팽개쳐진 듯한 표정을 짓고 있었다. 테이블 위에 놓인 술잔은 여러 개인데 왜 혼자 있는지, 크리스마스이브에 어째서 그토록 처참한 얼굴을 하고 있는 것인지 알 길이 없었지만 그 사람이 S라는 것은 확실했다. 그와 한 공간에 있다는 것을 알게 되자 오기가 들었다. 경윤과의 만남을 결코 망치지 않을 테니 두고 보라지, 하고 혁준은 생각했다.

「지금 저쪽 구석 테이블에 누가 있게요?」 혁준은 자리에 돌아가자마자 경윤에게 물었다. S의 이름을 말하자 경윤의 입에서는 탄성이 나왔다.

「TV에서 안 보이길래 다행이다 했더니 이렇게 직접 볼 일이 다 생기네요.」

「그러게요.」

「누구한테 쥐어 터지기라도 했는지 얼굴이 구겨져 있더라고요.」 혁준은 그렇게 말하고 와인 잔을 들었다. 「나야말로 진짜 한 번은 패주고 싶었는데.」

잔을 비울 때까지도 경윤이 아무런 말을 하지 않을 줄은 몰랐으므로 혁준은 다시금 속이 탔다. 표현이 너무 셌나? 실제로 폭력을 행사하기는커녕 지금도 얌전히 스쳐 지나오기만 했건만. 사실 그 인간이 내뱉던 말에 비하면 한 번쯤 패주고 싶었다는 말이 대수인가 싶었다. 잠시 뒤에 경윤은 잔이 빈 것을 눈치채지 못해서 미안하다고 말했다. 그러고는 덧붙이기를 자신은 아직도 본인이 S를 싫어할 자격이 있는지 어떤지 헷갈린다고 했다.

「자격이요? 자격이 필요한가요?」 혁준이 되물었다.

「맞아요. 자격까지 말하는 건 좀 거창하겠네요. 뭐 그러니까…… 말하자면 이런 거죠. 제가 살면서 그 사람덕을 본 게 하나 있다고 할까요. 그것 때문에 그래요.」

「덕을 본 일이라…… 데이트로 지라시 쇼라도 보러 갔었어요?」

설마, 하며 물었지만 경윤은 놀라움으로 벌어진 입을 다물지 못한 채 혁준의 어깨를 짚으며 족집게가 따로 없다고 했다. 그러면서 물론 자기도 그게 정말 보고 싶어서 간 것은 아니라고 강조했다.

「거절을 못 해서 간 거죠 뭐.」

「도저히 거절을 할 수 없는 상대가 가자고 꼬셨나 보다.」

혁준이 놀리듯 말하자 경윤은 어깨를 으쓱거리더니 그게 벌써 10년 가까이 지난 과거의 일이라고 밝혔다.

그즈음에는 확실히 지금보다 지라시라는 단어를 자주 접할 수 있었다. 그리고 당시에 S는 〈걸어다니는 지라시〉라고 불렸다. 세간의 뜬소문을 적극적으로 욱

여넣은 콩트를 통해 유명세를 얻었기 때문이었다. 콩트의 내용은 단순했다. 누구나 짐작할 수 있도록 힌트를 주면서 연예계의 가십을 재현하되 한두 가지 설정을 비틀고, 면피용으로 마지막에는 항상 〈설마, 이랬겠어? 그게 말이 되느냐고!〉라는 말을 붙이며 끝맺는 것이었다.

전 국민이 흥미를 느낄 만한 가십이 매주 생성되는 것은 아니었으므로 S는 이따금 등장하는 퀴어 코드의 영화나 드라마를 우스꽝스럽게 패러디하는 일에도 열심이었다. 콩트의 마지막 대사는 〈설마, 비누 줍고 뭐 그랬겠어? 그게 말이 되느냐고!〉 하는 식으로 변주되었다.

19금 딱지를 붙이고 소극장에서 상연하는 동명의 쇼는 같은 내용이지만 표현과 조롱의 수위를 극대화하여 인기를 끌었다. 그런 내용 가운데 가물에 콩 나듯 정재계 인사에 관한 이슈를 다루기도 했으므로 S는 자신의 쇼가 어디까지나 풍자의 영역에 속한다고 주장했다. 그 인터뷰를 보았을 때 혁준은 인류애의 농도가 옅어지는 느낌을 받았다. 가증스러웠다. 에둘러 권력자들을 언급하는 것은 누가 보아도 구색 맞추기에 불과하고, 실제로는 어린 연예인이나 사회적 약자들을 조롱하는 데 초점이 맞춰져 있는 게 빤히 보였던 것이다. 설마 그런 쇼를 경윤이 직접 보러 갔다니, 찝찝함을 숨길 수 없었다.

「다른 사람이 가자고 했으면 거절했을 거예요.」경윤이 혁준의 잔을 채워 주며 말했다.「그런데 그 선배는 그때 제가 아는 제일 지적인 사람이었거든요. 그러다 보니까 묘하게 납득이 됐다고 할까. 갭모에 같은 거 있잖아요. 선배가 연구할 때 두뇌를 풀로 써서 그런지 일상생활에서는 원래 좀 맹했거든요. 스트레스 풀 때도 단순한 게 당기나 보다 싶어서 이해해 주자, 그랬죠. 선배도 자기 돈 주고 산 건 아니고 이벤트에 당첨돼서 표가 두 장이 있다는데 거절하기 뭣했고요.」

「좋아하기도 많이 좋아했고요?」

경윤은 다시금 어깨를 으쓱거리더니 혁준의 무릎을 살짝 건드렸다. 혁준은 직접 눈앞에서 보면 좀 다르더냐고, 자존심 상하지만 웃기기는 웃기더냐고 물었다. 경윤은 고개를 저었다.

「전혀요. 하나도, 한 번도 안 웃겼어요. 한 30분 지나니까 너무 안 웃으면 혹시 선배가 오해할까 싶어서 신경이 쓰일 지경으로 노잼이었어요.」

실제로 당시의 관객들도 전부 박장대소하는 분위기는 아니었다고 경윤은 기억했다. 대략 절반쯤은 심드렁하고 웃는 사람들만 계속 웃는 듯했는데, 안타깝게도 그중 웃음소리가 가장 큰 사람이 경윤과 함께 온 선배였다. 선배는 S의 대사 한마디, 몸짓 하나도 놓치지 않고 손뼉을 쳐가며 웃었다. 분위기에 취해서 그런 것이리라 애써 무시하려 했건만, 극장에서 나와서 맥주를 마시러 갔을 때도 상기된 얼굴로 낄낄거리며 자꾸 S의 대사를 따라 했다.

「마음이 식는 게 실시간으로 느껴지던데요. 콩깍지가 벗겨지고 보니까 갭모에고 뭐고 그냥 인간 자체가 별로였어요. 알수록 더 그랬고요. 그 이듬해에 신입생한테 추근거리다가 차였다고 혼자 난리 치고 스토킹해서 과를 뒤집어 놨으니 말 다 했죠. 그런 인간이었으니 고백했으면 아웃팅당했을걸요. 분명히 그래요. 그러니까 뭐, S한테 감사할 법도 한 거죠. 저로서는.」

「어부지리로 맞아떨어진 거지만, 그럴 만하네요.」

덤덤한 척 대꾸했지만 혁준은 속으로 문제의 선배

188

라는 사람의 매력은 무엇이었을지 신경이 쓰이는 마음을, 먼 과거에 경윤을 스쳐 간 인물을 향한 은근한 질투를 억누르고 있었다. 그러면서 자신의 감정을 재확인했다. 당장이라도 손을 뻗어 경윤의 저 흠잡을 데 없는 턱선을 쓰다듬고 싶었으나 결코 그게 전부가 아니었다. 이 사람에 대해 남김없이 알고 싶고 무엇이든 듣고 싶었다. 퍽 오랜만에 느껴 보는 감정이었다. 조급하게 밀어붙여서 그르치지 않기 위해 혁준은 말을 아끼기로 했다.

때마침 취기가 돌아서인지, S에 관한 얘기를 꺼낸 이후에 입이 풀린 것인지 경윤이 다소 수다스러워졌으므로 혁준은 적절한 화제를 찾기 위해 전전긍긍할 것 없이 그저 듣기 좋은 그의 목소리에 귀를 기울이기만 하면 됐다. 등 뒤의 구석 자리에 누가, 어떤 얼굴을 하고 앉아 있는가 하는 점에는 더 이상 신경이 쓰이지 않았다. 달콤한 캐럴이 흐르는 밤이 깊어지는 동안 혁준은 경윤과 자주 눈을 맞췄고 여러 번 웃었다. 그러면서도 무엇보다 중요한 그 말 한마디를 제때 전하기 위해 긴장을 늦추지 않았다. 마침내 적절한 타이밍이 되었을 때, 혁준은 미소 띤 얼굴로 입을 열었다.

「연말이라 어디나 붐비겠지만, 그래도 자리 옮겨서 한잔 더 할래요?」

먼로

몇 해 전까지만 해도 선거 시즌이 되면 SNS에서 소위 〈북풍 먼로〉라고 불리는 움짤이 자주 눈에 띄었다. 주로 젊은 유권자들의 투표를 장려할 목적으로 쓰이는 그 움짤에서 S는 매릴린 먼로로 분장한 모습이었다. 움짤은 바람결에 나부끼지 않도록 치맛자락을 움켜쥔 채 버티던 S가 강풍에 몸의 중심을 잃고, 무자비하게 뒤집혀 펄럭이는 치마 위로 〈북풍! 북풍을 못 막아서!〉라는 문장이 큼지막하게 떠오르는 형태였다.

가십을 재현하는 콩트를 펼치며 〈걸어다니는 지라시〉라고 불리던 S는 인기가 절정이었던 때도 비호감 이미지가 지배적이었다. 그러다 S가 다룬 소문의 주인공이었던 신인 배우 한 명이 자살 기도를 한 일로 그의 전성기는 막을 내렸다. 시청자들의 빗발치는 항의에 고정 출연하는 프로그램에서 줄줄이 하차하던 그때에도 몇몇 사람들은 S가 소위 〈북풍〉을 희화화함으로써 낡은 정치 공작을 일정 부분이나마 무력화시킨 공로만큼은 인정해야 한다는 의견을 피력했다.

그 말에도 일리가 있다고 천우는 생각했다. 만일 S가 조롱한 대상을 직접적으로 알고 지낸 적이 없었다면 자신도 그렇게 여겼을지도 모른다고 말이다.

정말 그랬다면 좋았을 텐데. 탁한 낯빛으로 바의 문을 열고 들어오는 S를 보면서 천우는 한숨을 삼켰다. 내세울 게 있다면 오직 잠이 적고 운전을 즐긴다는 것 밖에는 없었던 자신의 첫 번째 직업이 하필 아이돌 그룹의 로드 매니저가 아니었더라면, 초짜 매니저로 허둥거리던 자신에게 위로를 건네며 어떤 스태프에게나 상냥하던 그룹의 막내가 뜬소문에 얽히지 않았더라면, 소문이 잠잠해질 즈음 S가 콩트로 선보인 탓에 전 국민적인 놀림감이 되지 않았더라면, 치욕스러운 별명이 붙지 않았더라면, 수면제를 대량으로 집어삼키고 쓰러진 막내의 모습을 하필 자신이 발견하지 않았더라면, 그랬더라면 좋았을 것이다.

다행히 목숨을 구했고, 회사에서 언론 보도도 막았으나 동공이 풀린 채 축 늘어져 있던 막내의 모습은 영영 잊히지 않았다. 그 때문에 천우는 S를 처음 대면했을 때부터 그의 얼굴에서 후회의 흔적을 찾았다. 기사는 나가지 않았지만 분명 당시에 소식을 전해 들었을 테고, 이후에 신인 배우의 자살 기도 사건으로 인해 일도 끊긴 지 몇 해가 지난 만큼 자신의 과오를 뼈아프게 뉘우치고 있을지도 모른다고 기대했다. 그러나 S의 얼굴은 술기운으로 검붉어지거나, 이대로 복귀하지 못할까 봐 조바심을 내며 세상을 저주하느라 붉어질 뿐 후회의 흔적이 비치지는 않았다. 천우는 그를 만날 때마다 처치해 버리고 싶다는 충동에 사로잡혔다.

숱한 밤 마티니를, 때로는 김렛을, 사이사이 얼음물을 건네며 흠잡을 데 없이 친절한 바텐더의 얼굴을 한 채로 천우는 S를 단골로 만들었다. 그러면서 그의 주량과 음주 패턴, 집 주소까지 알아 두었다. 인간관계는 파악하고 말 것도 없었다. S는 대체로 이슥한 밤에 혼자 들러서 마티니 두어 잔을 마셨고, 가끔은 얼큰하게 취한 채 후배인 정을 데리고 왔다. 오늘처럼 정을 데리고 초저녁에 들른 것은 드문 일이었다. 여느 때처럼 마티니를 주문했지만 손님이 한 명 더 올 거라며 미리 자리 하나를 맡아 두는 것 역시 처음 보는 모습이었다.

S의 얼굴에서는 묘한 긴장감이 읽혔고, 천우는 마지막으로 등장할 동행의 정체를 궁금히 여기며 잔을 건넸다. S의 입에서는 쉽사리 힌트가 나오지 않았다. 그는 정과 하릴없이 잡담을 나누다가 불쑥 콧김을 뿜으며 언짢아했다.

「아니 할 말로 그렇게 된 게 다 내 탓이야? 난 한 번도 이니셜 이상은 밝힌 적이 없어. 그렇잖아. 이니셜이 누구를 말하는 건지는 우리 네티즌 여러분이 직접 찾아 주셨다고. 안 그래?」

정은 S의 눈치를 살피기는 했으나 속 시원하게 맞장구를 쳐주는 타입은 아니었다. 그런 정을 답답해하면서도 크리스마스이브까지 부득불 불러낸 것을 보면 주변에 상대해 줄 사람이 어지간히 남지 않았다는 사실을 짐작할 수 있었다. 당연한 일 아닌가, 하고 천우는 속으로 비웃었다.

「이거 한 가지는 분명히 하자 이거야. 나도 엄연히 피해자라는 거.」S가 강조했다.

피해자라는 단어가 S의 입에서 나온 순간, 일순 날

카로운 눈빛을 들킨 것 같아 천우는 재빨리 미소를 지었다. S는 빈 잔을 들어 보이며 같은 것으로 한 잔 더 달라는 손짓을 했다.

「내가 뉴욕에 유학 갔을 때 처음으로 스탠딩 코미디를 봤다고. 야, 이거다 싶었거든. 그게 언제야, 30년 전이잖아. 당장 혼자서 하는 건 어려워 보여서 셋이 팀을 짰지. 그때 반응 괜찮았어. 그거를 응? 선배라는 새끼들이 베껴 가지고 가서 입을 싹 닦은 거야.」

「어떤 선배가요?」

정이 관심을 보이자 S는 〈P하고 L, 그쪽 무리〉 하며 이니셜을 댔다. 이니셜만으로도 짐작이 가고 남는지 정은 그분들이 그런 사람들인 줄 몰랐다며 씩씩거렸다.

「나도 몰랐어. 몰랐으니까 뺏겼지. 그래 놓고 내가 싸가지 없다고 소문을 냈잖아. 내 걸 뺏기고 호소할 데도 없는 거, 외로운 거…… 정말 억울한 거는 이런 걸 말하는 거야. 소문날 만해서 난 걸 가지고는 억울하네 어쩌네, 사네 죽네…… 까고 있네. 걔들 그러는 거는 쩔려서 그런 것도 있다니까. 아니면 얼굴만 반반하고 원래 연예인 할 그릇은 안 되는 애들인 거지.」

그때 바 카운터 안쪽에서 와인 잔이 깨졌다. 천우는 손이 미끄러졌다며 손님들에게 양해를 구하고 유리 조각을 치우기 시작했다. 줄리 런던이 부르는 나른한 캐럴 사이를 파고든 날카로운 소음이 사라지자 S는 다시 이야기를 이어 갔다. 그들이 곧 만날 피디에 대한 것이었다. 그 역시 억울한 사람이라고 S는 설명했다. 성추행범으로 몰려서 권고사직을 당하고 프리랜서로 뛰고 있는데, 자기가 알기로는 막내 작가를 더듬고 그럴 리가 없는 사람이라는 것이었다. 기러기 아빠로 외로움을 타는 처지이니 이런 날 잘 모셔 두면 봄 개편에 승산이 있다고도 덧붙였다.

「그래서 봄을 준비하자고 하셨구나.」 정이 고개를 끄덕였다. 「선배님, 그 먼로 의상 정말 다시 입으시게요?」

「야, 지금 그게 대수냐? 안 되면 유튜브 가서 또 이니셜팔이 해야 하는데.」

때마침 피디에게 전화가 왔다며 S는 휴대 전화를 들었다. 천우는 행여나 환경미화원분들이 쓰레기를 옮기면서 찔리지 않도록 깨진 잔을 두꺼운 이면지로 감싸고 테이프로 감았다. 단, 길쭉하고 매섭게 날이 선

파편 한 조각은 따로 빼놓았다. 재빨리 집을 수 있는 위치에 두면 주머니에 숨길 것까지도 없을 터였다. 다만 긋는다면 어디가 좋을까, 하는 생각을 했다. 크리스마스이브를 핑계로 독한 술을 서비스로 내면 S와 일행을 인사불성으로 만드는 것은 일도 아니니 못 할 것도 없다 싶었다. 일행 중 도무지 취하지 않는 이가 있다면 S를 따라 화장실에 들어가서 해치우는 방법도 있었다. 요는 더 큰 고통을 주느냐, 확실히 끝내느냐 하는 것이었다.

「이쪽으로 못 오신대요?」 정이 통화를 마친 S에게 물었다.

「차가 막힌대. 어디에서 볼지는 메시지로 보내 준다고, 한 시간쯤 있다가 움직이라는데?」

그러더니 S는 코트 주머니에서 꺼낸 담뱃갑을 가지고 빌딩 입구의 흡연 구역으로 향했다. 휴대 전화는 바 테이블 위에 올려 둔 채였다. 정이 라이터를 챙겨 들고 따라나섰다.

무방비하게 놓여 있는 S의 휴대 전화를 보고 천우는 당장 유리 파편을 쥐고 그으려 했던 자신이 얼마나 어리석었는지 깨달았다. S의 휴대 전화를 훔치고 나서 매장을 비우고 찾으러 오게 하면 되리라는 점을 왜 떠올리지 못했을까. 하마터면 이 자리에 있었다는 이유만으로 몇몇 손님들에게 참혹한 광경을 보게 할 뻔한 것이다. 어떤 목격은 영영 잊히지 않는다는 사실을 누구보다도 잘 아는 자신이 그런 식으로 S를 처치해서는 안 되는 것이었다. 천우는 호흡을 가다듬으며 티가 나지 않게 S의 휴대 전화를 감출 만한 동선을 그려 보았다. 그때 바 테이블의 코너에 앉은 손님이 주문을 해왔다. 캐럴은 새로운 곡으로 바뀌었다. 천우가 주문을 처리한 후 원래의 위치에 섰을 때였다.

S의 휴대 전화가 보이지 않았다.

바 테이블 위 어디에도 없었다.

몇 분이 지났을까, 그보다 더 불가해한 일이 일어났다.

한 여성이 매장 안으로 들어와 S의 휴대 전화를 내민 것이었다. 그녀는 보통 키에 평범한 얼굴을 하고 특색 없는 코트를 걸치고 있었다. 다만 〈이거 찾고 계셨죠?〉 하고 지은 미소만큼은 특별했다. 막내가 지을 법한 미소였다. 어째서 그렇게 보이는지는 천우도 알지 못했다. 하지만 확신할 수 있었다. 눈앞에 선 여자의 얼굴에 막내의 미소가 떠올라 있다는 사실을. 천우는 울컥하는 마음에 목이 메어서 제대로 대답조차 하지 못한 채 휴대 전화를 받았다. 그러자 그녀는 여전히 미소 띤 얼굴로 오른손을 내밀었다.

「대신, 그건 제가 가져갈게요.」

단호하지만 차가운 어투는 아니었다. 스스로도 영문을 알 수 없었지만 천우는 그 순간 그녀가 뜻하는 바를 정확히 알아들었다. 그래서 잠자코 유리 파편을 집어서 그녀에게 건넸다.

「베이지 않게 조심하세요.」 천우가 말했다.

「저는 괜찮아요.」 그녀가 나직이 속삭이더니 이번에는 자기가 천우의 바람을 들어줄 차례라는 듯 그가 항상 궁금해하던 것, 그러니까 연예계를 떠난 뒤 영영 소식이 끊긴 막내가 지금은 어떻게 지내는지에 관해 대답해 주었다. 「처방받은 약은 아직 먹어요. 그래도 약 안 먹으면 못 자던 시기는 지났어요. 밥도 잘 챙겨 먹고요.」

그녀가 막내의 미소만을 남긴 채 매장을 나가자 교대하듯 정이 바 안으로 돌아왔다. S는 밖에서 다시 피디라는 작자와 통화라도 하는 것일까 짐작하다가 그가 휴대 전화를 가지고 나가지 않았다는 사실을 깨닫고서 천우는 이제 그에 관해 생각하기를 관두기로 했다.

「무슨 일 있었어요? 넋이 나간 얼굴인데요.」정이 물었다.

「글쎄요.」천우는 물을 한 모금 마시고 말을 이었다. 「겨우 살았네요.」

정은 천우의 말이 뜻하는 바를 알아듣지 못했다. 무슨 일이 일어났는지 천우조차 명확하게 알지 못했으므로 어쩌면 당연한 일이었다. 천우가 아는 것은 한 가지, 이제 막내가 어느 정도 일상을 되찾았다는 것뿐이었다. 처음 만난 낯선 이에게 들은 소식이었지만 천우는 그 말을 믿을 수 있었다. 크리스마스이브에 들은 소식이어서 더 믿음이 가는지도 몰랐다. 그보다 더 반가운 크리스마스 선물은 없으리라고 천우는 생각했다.

천사 강령

「모름지기 천사는 인간의 욕망이 아니라 소망에 봉사한다.」

양 볼이 발그레한 팀장이 천사 강령 제2항을 읊는 것을 보니 올해도 다 갔구나 싶어 사아는 쓸쓸한 기분이 들었다. 팀장은 날개가 사라진 자리에 〈깨어 있으라〉라는 말씀을 타투로 새겨 넣고 그대로 실천하며 살았다. 먹고 자는 시간도 줄이며 도움의 손길을 필요로 하는 사람이 없는지 이 도시를 굽어보는 것이었다. 인간들이 만든 술이라면 주종을 가리지 않고 좋아하면서도 술잔을 기울이는 일은 한 해 평가를 마무리하는 크리스마스이브에나 볼 수 있었다. 지금의 팀원들과 함께한 지 어느새 10년, 팀장의 주량은 점점 줄었지만 주사는 한결같았다. 천사 강령을 읊으면서 내년에는 더 잘해 보자고, 우리는 더 많은 인간을 구할 수 있다고 되뇌는 것이었다.

「내년에는 정말 더 잘할 수 있을까요?」혼잣말에 가깝게 묻고 나서 사아는 고개를 저었다. 「팀장님, 저도 한잔 드릴게요. 이거 내추럴 와인이래요.」

「내추럴 와인은 처음 마셔 보네요.」팀장이 생긋 웃으며 잔을 들었다.

사아도 와인 한 모금을 입에 머금어 보았다. 향긋한 복숭아 내음이 나는 대신 맛은 다소 싱거운 편이라 이래 가지고 취하겠나 싶었다. 정말이지 오늘 밤은 취해 버리고 싶던 사아는 테이블 위를 훑어본 뒤 실소를 터뜨렸다. 누가 천사들 아니랄까 봐 과일과 꽃 향기가 나는 약한 도수의 술만 즐비했다. 남은 술을 전부 들이켠다고 하더라도 취하지 않을 자신이 있었고, 그런 생각을 하며 와인을 마시자 조금 전보다 더욱 싱겁게 느껴졌다. 팀장이 고개를 갸웃하며 왜 그렇게 취하려 하느냐고 질문을 던졌다.

「팀장님, 우리끼리는 생각 읽고 그러지 말자고 분명히 말씀드렸는데요.」

「미안, 미안. 직업병이 따로 없네요.」

「그러니까 더더욱 그만하셔야 해요. 연말연시에라도 좀 쉬셔야죠.」

팀장은 천천히 눈을 끔뻑이더니 단발머리를 귀 뒤로 넘기려 했지만 손끝이 헛돌아서 머리칼은 도로 제자리로 왔다. 어지간히 지쳐 보였다. 사아는 같은 시기에 지상에 내려온 동기로서 그녀의 짐을 나누어 지고 싶었다. 그러나 어째서인지 올해 연말에도 팀장, 그러니까 대천사로 승격되지 못했다.

「전 지금도 기준을 모르겠어요. 결국에는 태도의 문제일까요? 이렇게 조바심 내고 불만을 품는 게 천사답지 않아서, 제가 그 부분에서 점수가 깎였을까요?」

「무슨 천사가 저러냐는 말 들으면 찝찝하긴 하죠. 그런데 그거야말로 직업병이에요. 자기만족이기도 하고요. 매분, 매초 자기 검열을 하면서 어떻게 일을 하겠어요.」 팀장이 잠시 말을 골랐다. 「음, 이런 식으로 표현하면 좀 그렇지만 제가 봤을 때 궁극적으로 조직이 원하는 건 성과예요.」

「성과요?」

팀장은 고개를 끄덕이더니 와인으로 입술을 축였

다. 「네. 수치로 나오는 그런 거 말고 있잖아요, 우리가 활동해서 실제 인간 세계가 얼마나 나아졌느냐 하는 거죠. 윗분들이 그러시는데 요즘 천사들은 과감성이 부족해서 미덥지가 못하다나요.」

사아는 혼란스러웠다. 천사 강령 내에서 일해야 하는 것 아니었느냐고 되묻자 팀장은 과장되게 느껴질 만큼 크게 고개를 끄덕였다. 그러더니 헛기침을 하며 목소리를 가다듬었다.

「타성. 그래요, 그 말이 적합할 것 같네요. 천사 강령 아래서 일해야죠. 그건 불문율이에요. 천사는 심판관이 아니니까. 그렇지만 그걸 핑계로 타성에 젖어 있는지 끊임없이 점검해 봐야 한다는 얘기예요. 이쯤 수습하면 되겠거니 하는 자세 가지고는 이 세상이 나아질 리가 없다는 거죠.」

신입이 케이크 조각이 든 접시를 가지고 팀장 옆자리로 왔다. 그는 팀장에게 포크를 건네며 단도직입적으로 물었다. 「악마를 이기기 위해서는 수단과 방법을 가리지 말라, 그 말씀이시죠?」

팀장은 조용히 고개를 저었다. 「그렇다고 악마처럼 굴라는 게 아니에요. 다만 그자들한테 지기만 해서는 답이 없다는 얘기죠.」팀장은 케이크를 입에 넣더니 직접 예를 들어 설명하는 게 좋겠다며 검지로 테이블 위에 원을 그렸다.

손바닥만 한 원 안으로 어느 칵테일 바의 모습이 보였다. 팀장이 검지로 테이블 위를 톡톡 두드리자 바텐더와 한 손님의 모습이 클로즈업되었다. 손님은 몇 해간 TV에 보이지 않았지만 전에 큰 인기를 얻은 적이 있어서 누구나 알 만한 개그맨 S였다. 팀장이 바텐더의 마음에 집중해 보라고 말하자마자 신입은 〈뭐예요, 팀장님. 올해 평가도 끝났는데 또 일이에요?〉 하고 질색하며 자리를 떴다. 사아는 가볍게 한숨을 쉬면서 팔짱을 꼈다. 그때 바텐더가 실수를 가장하며 와인 잔을 일부러 깨뜨렸다.

「저 남자, 그대로 두면 오늘 밤에 일낼 것 같은데요. 지금 바텐더 마음속에 그 생각이 가득하잖아요.」

「맞아요.」

팀장은 그렇게 말하면서 화면을 좀 더 키웠다. 사아의 의견에 동의하지만 살인을 막는 데 그치지 말고 한발 더 나아가야 한다는 듯이. 사아는 바텐더의 분노 가장 안쪽에 있는 소망을 들여다보는 데 집중했다. 그러자 맑고 앳된 얼굴이 보였다. 그 얼굴의 주인공은 바텐더에게 있어서 인연이 끊어진 옛 직장 동료이자 한 번도 감정을 겉으로 드러내지 않고 간직한 첫사랑의 대상이었다. 바텐더 외에도 수많은 사람이 그녀가 무탈하게 지내기를 소망했다. 굳이 화면의 초점을 넓히지 않더라도 사아는 그러한 소망의 간절함을 또렷하게 감지할 수 있었다. 팀장은 바로 보았다며, 모두를 위해 어떠한 방법을 취해야 할지 얘기해 보자고 했다.

그러나 다음 순간 사아는 팀장에게 양해를 구하고 자리에서 일어나야 했다. 마주 앉은 팀장의 어깨 너머에서 기지개를 켜고 있는 신입과 눈이 마주친 탓이었다. 그가 손에 쥐고 있는 것이 시선을 끌었다. 사아는 눈짓으로 그를 테라스 쪽으로 불렀다.

「일 얘기 하기 싫다고 내빼는 줄 알았더니……. 세상에, S 휴대 전화 가지고 뭘 어쩌려고!」

「생명이 걸린 문제로 상황이 급박하게 돌아갈 것 같으면 일단 변수를 줘서 시간을 벌어라, 이거는 선배님이 가르쳐 주신 거라고요.」

신입은 자못 억울하다는 투였다. 그런 태도는 어처구니가 없었으나 자신이 교육한 내용을 토씨 하나 틀리지 않고 외는 신입이 있다는 사실만큼은 사아를 뿌듯하게 했다. 비록 대천사로 승격하는 일은 다시 한번 좌절됐지만, 최소한 지상에 내려와 애쓴 시간이 헛되지만은 않았던 모양이었다. 사아는 신입의 어깨를 가볍게 두드리며 말했다.

「한번 쓱 보고 그만큼 상황 파악을 했으니까 내년에는 인턴도 떼겠네. 그런데 명심해요. 지금처럼 취한 상태에서 일 벌였다가 자칫하면 문책당해요. 내가 원위치시키고 상황 보고 올 테니까 그건 이리 줘요.」

양 볼이 복숭앗빛으로 물든 신입에게서 S의 휴대 전화를 넘겨받자마자 사아는 바텐더 앞에 모습을 보였다. 그가 그리워하는 인물의 미소를 머금은 채 S의 휴대 전화를 건네준 후, 자칫하면 살인의 도구가 될 뻔한 유리 파편을 회수했다. 평소 같으면 그쯤에서 일을 마쳤을 테지만 사아는 잠시 S를 기다려 보기로 했다. 그는 담배를 피우고 난 후 화장실에 들어간 참이었다. 한 가지 확인하고 싶은 게 있었으므로 사아는 화장실에서 나온 S와 마주쳤을 때 그의 눈에 비친 자신의 얼굴을 몇 초쯤 다른 사람으로, 그로 인해 자살 시도까지 했던 신인 배우로 보이도록 만들었다.

순간적으로 반걸음 물러선 S는 물 묻은 손으로 두 눈을 비볐다.

「에이 씨, 뭐야.」

부릅뜬 눈으로 그렇게 중얼거리기까지 S의 마음에 퍼져 나간 파문을 사아는 모조리 감지했다. S는 분명 놀랐지만 정도가 심하지는 않았다. 복귀를 타진할 수 있는 중요한 만남을 앞두고 재수 없게 간담이 서늘해 졌다는 마음이 더 컸다. 또한 요새 자기 몸이 허해졌다고 느끼며 동시에 몇 달 전 홈 쇼핑 채널에 건강식품 판매를 돕는 패널로 등장할 기회를 놓친 사실을 환기했다. 고작 그런 자리마저 놓쳤다는 분노에 반드시 재기하리라는 오기가 더해졌다. 어디 두고 보라고, 이대로 사라지지는 않겠다고 그는 다짐했다. 이제부터 만날 피디와 함께 일할 수 있다면 무슨 짓이라도, 어떤 접대라도 마다하지 않겠다고 전의를 불태웠다. 그 짧은 시간에 S의 생각은 거기까지 뻗어 나갔다.

과연, 하고 사아는 감탄했다. 그는 예상했던 것보다 더 두뇌 회전이 빠른 사람이었다. 미처 자신의 과오를 깨닫지 못하는 사람이 아니라 마음 깊이 참회한 적이 없는 사람이었다.

그 사실로 인해 사아는 지금까지 해오던 것보다 좀 더 과감한 방식으로 일해 보기로 결심했다. 사아는 그의 어깨를 부드럽게 두드리며 입을 열었다.

「어쩌죠, 잘 안될 거예요. 너무 늦었어요.」

「이 여자가 뭐라는 거야…….」 암시가 제대로 먹혀들었는지 S가 우물쭈물하는 목소리로 말하자 사아는 한 번 더 쐐기를 박았다. 「무슨 애긴지 잘 아실 텐데. 어렵게 복귀해도 사람들은 당신이 하는 말에 웃지 않을 거라는 얘기예요. 왜인 줄 알아요? 왜냐면…….」

그쯤 해두면 암시를 걸기에 충분했으므로 사아는 S의 눈앞에서 사라졌다. 강령에 나와 있는 사항은 아니었지만 원칙적으로 암시를 걸 때는 이유를 고하지 않는 게 관례였다. 그편이 더 효과적이기도 했다. 검고 단단한 자신감을 상실한 S는 앞으로 이 순간을 수도 없이 복기할 터였다. 그때마다 암시가 더해져 더더욱 움츠러들 것이었다.

팀장의 집으로 돌아온 사아는 S의 몸에 닿은 손을 깨끗이 씻었다. 자리를 찾아 앉자 여전히 볼이 발그레한 신입이 잘 해결됐느냐고 물으며 그녀의 잔을 채워 주었다. 사아는 투명하고 향기로운 술을 한 모금 머금고 고개를 끄덕였다. 실내에 흐르는 캐럴이 듣기에 좋아서 곡 제목이 뭐였는지 기억을 더듬어 보았다.

「선배, 이 뮤지션 말이에요. 뭔가 느낌이 우리 쪽 같은데, 맞죠?」

「아무튼 감이 좋다니까.」사이는 감탄했다. 「음악 쪽으로 겸업했던 선배들이 장르마다 한 명씩은 있었지만, 이 선배 인기는 굉장했어요.」

「그랬군요. 전 오늘 처음 알았네요. 활동을 길게 안 했나 보죠?」

「응. 뜬소문에 시달리고 양아…… 아니, 가혹한 회사에 잘못 들어가는 바람에 활동은 짧게 하고 원래 있던 데로 돌아가셨어요.」

「어휴, 여기서 오래 못 버틴 선배들 얘기는 어쩌면 이렇게 파도 파도 끝이 없는지……. 저는요, 선배. 독하게 버틸 거예요. 기왕 내려온 거.」

「그래, 그러자고. 우리 내년에는 더 잘해 봅시다.」

두 천사는 술잔을 부딪치며 결의를 다졌다. 다음 곡 역시 지상에 잠시 내려온 적이 있었던 그들의 선배가 부른 것이었다. 아기 예수의 탄생을 축복하는 감미로운 목소리가 실내를 가득 채웠다.

작가의 말

– 그럼 남은 한 주 무탈하게 나시기를 바랍니다.

– 예보를 보니 폭우 소식이 있네요. 모쪼록 퇴근길 수월하시기를!

– 어느새 연말이네요. 남은 한 해 건강하고 무탈하게 지나시기를 빌게요!

『선물이 있어』에 실린 짧은 소설들은 대부분 팬데믹이라는 긴 터널을 거치며 탄생했습니다. 열일곱 편의 소설을 모으고 한 권의 책으로 엮는 과정에서 담당 편집자였던 최고라 선생님과 곧잘 무사 안녕을 기원하는 인사를 나누었던 기억이 스칩니다. 이제 다시 겨울이네요. 모두 무탈하신가요?

감사하게도 저는 비교적 무사히 팬데믹 기간을 거쳤습니다. 다만 평소에 그날치의 작업을 마치면 발길이 닿는 대로 어슬렁거리거나 사람들을 만나며 충전을 하는 타입인 터라 어느 시점부터는 늘 〈깜빡이는 배터리〉와 같은 상태로 지내게 되었습니다. 휴대 전화의 충전을 잊고 지내다 보면 그럴 때가 있잖아요. 곧장 충전기에 꽂으면 간신히 전원이 꺼지는 일은 막을 수 있지만 충전 속도가 더디지요. 그런 상황이 지속되다 보면 배터리 자체의 효율이 떨어져서 깜빡이는 상태를 더 자주 맞게 되고, 언제라도 전원이 꺼질 수 있다는 불안감을 안고 살게 되고요.

하루는 언젠가 고택에서 묵으며 내부의 이곳저곳을 안내받았던 경험이 기억났습니다. 그때 안채의 창으로 보이던 풍경은 초봄에 눈에 담을 수 있는 가장 청초한 순간을 네모반듯하게 잘라서 걸어 놓은 듯했는데요. 아름다움에 감탄하면서도 갑갑증이 차올랐습니다. 그 방에 살았던 누군가에게는 그 모습이 봄의 일부가 아니라 거의 전부였을 것이라는 짐작이 들어서요. 따라서 수많은 마님과 아씨 들은 우울증에 시달리지 않았을까 여기며 떠올린 〈허 씨〉라는 인물이 시간의 문을 열고 여행에 나섰을 때, 오랫동안 끌어안고 있던 답답한 감정을 털어 내는 해방감을 느낄 수 있었습니다.

이 책에는 그렇게 시간을 넘나드는 인물이 있는가 하면, 이야기 사이를 건너가서 그 모습 그대로 다시 등장하는 인물도, 전과 다른 모습으로 새 삶을 꾸리는 인물도 존재합니다. 혹시 지금쯤 은하와 민주와 성지라는 이름이 귀에 익으셨을까요?

「도시 전설」과 「룸 온리」에서 은하는 자신의 적성과 정반대인 회사에서 일하며 고대하던 5월의 제주도 여행이 무산된 대신, 뜻밖의 기회로 과거의 어느 날과 조우하지요. 「584마리의 양」에서는 디제이로 일하느라 바빠서 연말 모임에 직접 등장하지 못한 채 소식만 전했고요.

그런가 하면 「룸 온리」에서는 동생과 제주를, 「포인트」에서는 연인인 이지와 발리를 만끽한 민주는 「이번 주말에 뭐 할까」와 「밀크티 동맹」에도 나오지만 각각 별개의 세계에서 다른 일과 다른 고민을 하며 살아갑니다.

은하와 민주와 성지. 세 사람이 함께하는 멀티버스의 기원에 호기심이 드시는 분이라면 저의 전작인『우주의 일곱 조각』을 들추어 주십사 하고 살짝 귀띔도 드려 봅니다.

「선물이 있어」에서 성지는 무릎까지 쌓인 눈에 발이 푹푹 빠져 걸음을 내딛지 못하는 사람처럼 겹겹이 닥친 불운에 발이 묶인 상태지만, 소박한 계기를 통해 마음을 다잡고 언젠가 현재의 지난한 매일이 어렴풋한 기억으로 남을 날을 그려 봅니다. 모쪼록 이 책의 짧은 이야기를 읽거나 들으신 분들도 기나긴 겨울처럼 웅크려 지내야 했던 시간 동안 쌓인 회한이 어느새 아득히 물러나는 순간을 맞이하시기를 빌겠습니다. 올 한 해를 마무리하며 바로 그런 선물을 받으실 수 있기를, 무엇보다 다가올 새해에 무탈하시기를요.

지은이 **은모든** 소설은 호흡이 짧은 이야기부터 긴 이야기까지 두루 두루 쓰고 술은 과일보다 곡식으로 빚은 것에 더 끌리는 사람. 지은 책으로 장편소설 『애주가의 결심』, 『모두 너와 이야기하고 싶어 해』, 연작소설 『우주의 일곱 조각』, 그 밖에 『꿈은, 미니멀리즘』, 『안락』, 『마냥, 슬슬』, 『오프닝 건너뛰기』 등이 있다.

선물이 있어

발행일 2022년 12월 10일 초판 1쇄

지은이 은모든
발행인 홍예빈 · 홍유진
발행처 주식회사 열린책들

경기도 파주시 문발로 253 파주출판도시
전화 031-955-4000 팩스 031-955-4004
www.openbooks.co.kr

Copyright (C) 은모든, 2022, *Printed in Korea.*
ISBN 978-89-329-2302-4 03810